DARIA BUNKO

ヒミツは子供が寝たあとで♥

高月まつり

ILLUSTRATION 明神 翼

ILLUSTRATION
明神 翼

CONTENTS

この作品はフィクションです。
実在の人物・団体・事件などに一切関係ありません。

ヒミツは子供が寝たあとで♥

八月最後の土曜日が晴天でよかった。

しかも、カラッと晴れた天気のわりに気温は真夏日にはならず、とても清々《すがすが》しい。

吉松勇生《よしまつゆうき》は自転車で川縁《かわべり》の自転車専用道路を走りながらそう思った。

顔に当たる風が心地いい。

雑誌の校了がギリギリ間に合った昨日。帰宅して気絶したように眠り続け怠惰《たいだ》を貪って、気がついたら今日の朝になっていた。せっかくの週末を寝て過ごすのは勿体《もったい》ないと、早起きして顔を洗って身支度を調《ととの》える。

さあ、弁当を持ってサイクリングしよう。

キャベツとキュウリとレタスを千切りにして、フレンチドレッシングで伸ばしたマヨネーズの中に入れてあえる。このとき黒胡椒《くろこしょう》を軽く振っておく。フライパンでさっとハムを焼いて冷ます。薄くバターを塗った六枚切りのパンにそれらを山盛り盛って、ぎゅっと押し潰してからラップで包み、味が馴染《なじ》んだところで二つに切ると、ＳＮＳに載せてもいいぐらいお洒落《しゃれ》なサンドウィッチができた。いや実際載せよう。

本当に、見た目も味も素晴らしいのだ。

他に、スパムと厚焼き玉子、塩胡椒とワインビネガーであえた千切り大根とタマネギ&ハニーマスタードを塗った鶏《とり》ささみを具にして、三種類のサンドウィッチを作った。

携帯電話を構えて、カメラマンから習った「オシャレで美味《おい》しく見える角度」で何枚か写真に撮り、SNSにアップする。よし上出来。

さて、サンドウィッチをビタミンカラーの容器に入れてトートバッグに突っ込み、川縁をサイクリングだ。

ポットに入れた紅茶は取材先で戴《いただ》いたリンゴのフレーバーティーで、一口飲んで気に入った。

「ふはっ」

空は高く青く、太陽は眩《まぶ》しくて気持ちがいい。

人間、ちゃんと太陽に当たらないとだめだなあ。

ノホホンとそう思った彼の横を競技用のロードバイクに乗った集団が通り過ぎていく。

勇生の自転車も、一応は変速の付いたスポーツタイプだが、それでもカテゴリーはシティサイクルだった。

まあいいさ。こんな気持ちのいい天気だもんな。そろそろ自転車を止めて弁当でも食うか。

前方の河川敷は広場になっていて、その端にベンチが見えた。木陰はないが、この天気なら問題ない。

広場には自転車に乗る練習をしているひと組の親子。視線を少し遠くに向けると、釣りに来た男性たちが釣り糸を垂らしている姿が見えた。

　これならのんびりと弁当が食べられそうだ。

　勇生は「よし」と頷《うなず》き、そのまま、緩やかな下り坂を自転車で降りていく。

　お目当てのベンチの後ろに自転車を止めて、サンドウィッチの入ったトートバッグをカゴから下ろした。

　もとは綺麗《きれい》な緑色だったのだろうベンチは、今はいい感じに煤《すす》けて、ちょっとしたアンティークに見える。そして少しばかり汚れていたが、穿《は》いているのはジーンズなので気にせず腰を下ろした。

　ピチピチと特徴的な声で雲雀《ひばり》が鳴いている。きっと近くに巣があるのだ。雲雀の鳴き声なんて久し振りに聞いた。

　やっぱこう……プライベートで自然と触れ合うのはいいよなあ。次の長期休みは、バイクにキャンプ道具を載せて旅行しようかな。

　料理は好きだ。アウトドアの料理はもっと好きだ。仕事で知りあった登山家にダッチオーブンを教えてもらって購入したときは心が躍《おど》った。

「実はこういうものもあるんですよ」と燻製《くんせい》の肉やチーズを出されたときなど喜びの悲鳴を上げた。自分で簡単に燻製が作れるなんて夢のようだと思った。

　アパートの小さなキッチンで、フライパンと桜のチップを使い、煙に細心の注意を払って火事に見えないよう燻製を作ったときは感動した。安いはんぺんやかまぼこ、六ピース入りのチーズが、最高のビールの友になった。

よし。今度の休みは、絶対にアウトドアだ。キャンプで燻製を山ほど作ろう！　あと、パンも焼きたいから、窯《かま》も作ってみるか。そして、一人でキャンプをしに来たのにテントを忘れた女子と偶然出会って、「良かったら俺のテントに」とか言っているうちに見つめ合って、心臓がバクバクして……こんな一目惚《ひとめぼ》れに遭遇できるかもしれない。恥ずかしいから口にはしないが、こういう劇的な恋愛は大好きだ。好物だ。結婚式で是非ともなれそめを言いたい。

勇生はそんなことを思いながら蒼天《そうてん》を見上げる。

植物のように光合成をするわけではないが、太陽は人間に必要なのだと思う。ただし、真夏の殺人的な暑さだけは勘弁してほしい。

くたびれた体を日光で干す。まるで布団だ。ホコホコになった布団。何度も思うが気持ちがいい。

一体どれだけ、こうしてまとまった日光を浴びていないのかと笑うほど、体に日光が浸《し》み渡る。

女性なら「日焼けが」と気にするところだ。男でよかった。

勇生はゆっくりと目を開けて、両腕を持ちあげて伸びをする。

気持ちいいから昼飯を食おうと、トートバッグからラップに包まれた具沢山《ぐだくさん》のサンドウィッチを一つ取り出した。手ふきがなくてもラップに包んであるから問題ない。

「うわっ！」

ようやく補助輪が取れたのだろう自転車にまたがり、子供が時折声を上げる。

可愛いなあ……というか、よく見るとすごい美少年だな。子役か？　モデルか？　いるところにはいるんだな、こんな美少年。おまけに父親は若い、し……？

最初は微笑《ほほえ》ましい光景だったが、気がつくと子供が乗った自転車はもの凄《すご》いスピードでこちらに向かってきた。

「わーっ！　とまんないよーっ！」

子供が大声を出す。

勇生の、少し吊《つ》り上がった大きな瞳が、これ以上ないくらい見開かれた。

避《よ》ける猶予はないし、もし避けて子供が怪我《けが》をするのも後味が悪い。だったらここで止めるまで。

幸い彼は百七十八センチという長身に見合う運動をしてきたので、小さな子供の自転車を止めることは、タイミングを合わせれば可能だ。

後方から少年の保護者が血相を変えて走ってくるのが見えた。

よし！

勇生は、自分に向かって突っ込んでくる自転車のハンドルを素早く握って踏ん張った。

「大丈夫か？」

ハンドルを押さえつけられた自転車の後輪が、勢いよく跳ね上がる。

だがしっかりとハンドルを掴《つか》んでいるから、自転車が倒れることはない。子供は強《こわ》ばったまま何度も頷いた。見れば見るほど美少年だ。まつげは長いし、目はくりっとして大きい。髪の毛はふわりと柔らかそうで、外国製の子供の等身大人形のように完璧な容姿をしている。

きっと両親は美形揃《ぞろ》いなんだろうなと内心感動しながら、勇生は子供を安心させるように笑顔を浮かべた。

「よかった。押さえていてやるから、ゆっくり降りろ。できるか？」

勇生は実家住まいだった頃、出戻ってきた二人の姉の生活が軌道に乗るまで、その子供たち、つまり甥姪《おいめい》の世話と躾《しつけ》を一気に引き受けていた。だから、小さな子供にどんな声のトーンで言えばいいかすぐに分かる。

怒らず優しく、落ち着いて。

「う、うん。できる」

両脚を少し震わせながら、子供はようやく地面に両脚をつく。そして「ありがとうございました」と礼儀正しく頭を下げた。

躾が行き届いているようで大変好感が持てる。

「怪我がなくてよかったな」

「静希《しずき》っ！」

そこに子供の保護者が駆け寄った。

前髪は少し長めだが、襟足は清潔そうに切り揃えてある。まつげが長いのは遺伝なのだろう。目はくっきりとした二重。完璧な鼻のラインに、キスの上手そうな大きめの唇が彫りの深い顔立ちにとてもよく似合っていた。アンケートを取っても、殆《ほとん》どの人間が「美形」と認める顔だろう。自分が女性なら、これをきっかけにして恋人になりたいと願う。ああそうだ。とても美しい男だ。同性とは残念すぎる。

着ている服は麻の白シャツにキャメル色のチノパンというカジュアルなものだが、ライターとしてさまざまな人間と接している勇生には、それがどれだけ上質なものかすぐに分かった。

子供の着ている服など、有名な子供服ブランドの半袖Tシャツに膝丈パンツ。

美形の金持ち親子か。神様って、たまに凄いことをするよなあ。

そう思いながら子供の自転車のスタンドを立てる。

「晴真《はるま》、僕は大丈夫だよ！　びっくりしたけど助けてもらったし！」

腰に手を当てて威張る姿が生意気で可愛いが、父親を名前で呼ぶのはどうだろう。

さっきは礼儀正しそうだと思っていた勇生は、少々驚いた。

「ああそうだった。うちの静希を助けてくださって本当にありがとうございまし……」

美形の若き父親は、途中で声を止めてじっと勇生を見つめた。

どうかしたんだろうかと、勇生も見つめ返す。

「見つけた」

「は？」

「俺の……女神……」

「俺は男で人間です」

「いやいやいやいや、違う。言葉のあやだ。理解しろ。とにかく、お前は俺の運命だ。名前は何という？　俺か？　俺の名は海堂《かいどう》晴真。九月三十日生まれのB型で、現在二十八歳。趣味は手芸。最近作り上げた作品はパッチワークのベッドカバー。食べ物の好き嫌いは何もない。お前が作ってくれたものなら、たとえそれが消し炭だろうとダークマターだろうと、喜んで食べよう。そして愛に殉《じゅん》じよう。ひと目会ったその瞬間に恋に落ち、愛を乞《こ》う。ああ俺の天使、お前の名前は一体なんだ？　年は幾つだ？　教えてくれないなら十四歳のジュリエットと呼ぶ」

何言ってんの？　この美形。淡々と言うところがまた怖いんですけど。

こんなに綺麗な顔をしているのに、この男は何かしら電波を受信しているようだ。こんな物言いでなければ、もしかしたら男でもときめいたかもしれないのに。本当に勿体ない。黙っていればきっとドキドキしたのに。電波だなんて。今時こんなの流行《はや》らない。

ドラマティックな一目惚れはなかなか難しいものだと勇生は頬を引きつらせて、自分を鬱陶しいほど見つめている電波美形を見つめ返す。

名前を教えたくはないが、このままジュリエット呼ばわりされるのはもっと嫌なので、仕方なく「吉松勇生、二十六歳」と答えた。

「吉松勇生……とてもいい名だ。その、生意気そうな少し吊り上がった大きな目がいい。低すぎない標準の鼻は、キスをするときに邪魔にはならないだろう。なかなか目鼻立ちは整っていて美形なのにそれに無頓着そうなところなど最高だ。あと、俺より小さくて可愛い。俺が愛するに申し分ない。素晴らしい。今から勇生と呼ぶぞ？　いいよな？　呼ぶぞ？　本当に呼ぶ」

子供の頃から二人の姉に「お前のようなタイプの顔は、世の中のテンプレの一つで、いろんなところにゴロゴロいる。調子に乗るな」と言われ続けてきた勇生は、晴真が自分を淡々と延々と賛美する様子に引いた。誰が美形だ、誰が可愛いだ。俺のわけあるかと、心の中で次から次へと突っ込みを入れる。

だが晴真は勝手に話を進めた。

「ちなみにこの子は海堂静希、七歳。今年、小学一年生になった。俺の大事な宝物だ」

激突しそうだった子供は、紹介されて「よろしくね？　勇生」とこれまた勇生を呼び捨てにした。

「あー……、うん。これから気を付けて自転車の練習をしろよ？　怪我しないようにな？」

「はい」と返事をした静希が腹の虫を盛大に鳴らし、顔を真っ赤にさせた。

「腹減ったのか」

「えっと……その、真剣に自転車に乗る練習していたから……」

頬を赤く染めた美少年を前にすると、何かいけないことをしている気になる。何もしてないけど。

静希の視線が、ベンチの上のサンドウィッチ弁当に向けられた。だが彼は子供ながらも立派なプライドを持っているのか、すぐに視線を逸《そ》らした。

「晴真、お腹空《なかす》いたからお店に行こうよ」

「え？　俺はまだここにいたいんだが……いやいやいや、お前の願いを聞きたくないと言うわけでなくだな……」

俺より年上なのに、子供を相手に何を言ってやがる。

勇生は自分のサンドウィッチを一つ掴むと、「アレルギーがないなら大丈夫だと思う」と静希に手渡す。具は、厚焼き玉子とスパムソーセージだ。お子様には丁度いい。

「ないよ！　僕も好き嫌いない！　アレルギーもない！　ありがとうございますっ！　凄く美味しそう！」

静希は両手でサンドウイッチを持って、その場で飛び跳ねて喜んだ。

一方晴真は、勇生をじっと見つめて無言の圧力を加える。

たとえ電波を発しようと、さすがに自らねだる真似はできないのか、視線だけで訴えてきた。

「ったく。仕方ないなあ」

そう言いつつも、食べ物で意地悪をしたくない勇生は、晴真にもサンドウイッチの包みを一つ渡す。大人の晴真には、大人の味付け的鶏ささみが具だ。

「ありがとう。いきなり手作りとはハードルが高そうだがありがたく戴く。旨《うま》いと嬉《うれ》しいな。取りあえず、じっくり味わって食べよう」

ところどころ俺に対してとても失礼なことを言ってないか？　あんた。

勇生の突っ込みが追いつかないのを知ってか知らずか、晴真は静希と仲良くベンチに腰をかけ、仲良く「いただきます」と言った。

姿勢正しく、脇を締めて無言で食べる親子（仮）の姿を見て、彼らは躾の行き届いた家で育ったのだなと思った。

その横に腰を下ろし、紙コップに温かなアップルフレーバーのお茶を入れて差し出す。

「熱いからな？　火傷《やけど》をしないように気を付けて」

「ありがとう、勇生。僕ね、厚焼き玉子のサンドイッチ、初めて食べた。凄く美味しい」

静希は瞳を輝かせて、ようやく半分ほど食べたサンドウィッチを口から離し、今度はそっとお茶を飲む。

「いい匂い……」

晴真はまたしても目で訴える。

図々しいもここまでくると逆に清々しい。

勇生は苦笑を漏《も》らして「子供が先だろう?」と言って、晴真にお茶の入った紙コップを手渡した。

「かなり旨いサンドウィッチだな。意外だった。意外すぎるほど旨かった。具が多いのがいい。食べ甲斐《がい》がある。しかも野菜と肉のバランスがいい。女性受けもいいだろう。勇生の仕事はシェフか? もし雇われているならそこはやめろ。俺が出資してやるから店を出せ。それがいい。俺は毎日お前の手作り料理を食べに通う。最高じゃないか。最高に幸せな世界……」

晴真は勝手に勇生の仕事を語り、一人で楽しんでいる。

出資という言葉に一瞬だけ食指が動いたが、すぐに我に返った。このご時世、そうそう旨い話は転がっていない。あるとしても、それなりの対価を払わねばならないだろう。

家事、特に料理が得意な勇生はシェフに憧れたが、それを仕事にしようと思うほど自信はない。

「俺は、家事は仕事にせず趣味がいい。あと、俺の本職は国内旅行と食べ物のライターだ」

なんで会って十数分の男に自分の職業をバラしているのだと、勇生は己に驚いた。だが、晴真の「俺のお気に入りのフードライターは吉松勇生と言う」という言葉にも驚いた。

今まで自分の職を言った後は、「本をタダでくれ」「旨い店にタダで入るんでしょ？　一緒に連れてって」など、とにかく無料で美味しいものを食べたいという人間に絡《から》まれた。うんざりだった。それ以来勇生は合コンの数合わせや、義理で仕方なく出なければならない飲み会で「仕事はなに？」と聞かれたときは「編プロで事務と雑用」と答え、人々の好奇心を刺激するどころか「その年で雑用？」と哀れまれることにしていた。

それが楽なのだ。

なのに。

「名前が一緒なのは偶然か？　彼は絶対に雑誌に顔を出さないが、とにかく、文章の中に店とシェフと料理に対する敬意がある。読んでいて気持ちがいい。しかも、彼が紹介した店は嘘偽りなくすべて旨い。最新ムックでスイーツに挑んだのもいい。俺は意外と甘味も好きだ」

晴真は「コレを見ろ」と言って、紙コップをベンチに置き、パンツの尻ポケットから携帯電話を取り出すと、「ライター　吉松勇生」のＳＮＳを勇生に見せた。

喜怒哀楽の乏しそうな美形だが、胸を張ってもったい付けて見せるその仕草のお陰で、明らかに「ドヤ顔」だと分かる。

「俺は彼をフォローしている」

「え？　マジで。ありがとう」

言ってから、勇生は「またやってしまった……」とため息をつく。

「やっぱりそうなのか？　このＳＮＳのライター・吉松勇生は、お前なのか？」

「あー…………………うん、まあ。こんなところでフォロワーに会うとは思わなかった」

「今日はなんていい日なんだ。俺が霊能力者なら、天使たちの祝福が見えただろう。ありがとう、世界。ありがとう、今日の運勢。お気に入りのライターが、俺の愛天使だったなんて、有り得ない偶然。いやこれは偶然と言うことですませるはずがない。必然だ。起こるべくして起きた奇跡。今ここでハレルヤを歌いたい気分なんだが……！」

やめて、それやめて。淡々とハレルヤを歌いそうで怖いから。ここの川っぺりで、たまに発声の練習をしてる学生や若い役者がいるけど、あんたは明らかに違うでしょ。

勇生は心の中で突っ込みを入れた。できれば声に出したかったが、百倍になって戻って来そうだったので諦めるしかなかった。

「……晴真、おしゃべりはご飯を食べ終えてからでしょ。大人しくして」

静希の一声で、晴真は「そうだった」と頷き、再び腰を下ろして残りのサンドウィッチを食べ始める。

静希はただの美少年じゃなかった。この子はおそらく、とても賢い。

勇生はそう確信して、自分も食事を再開した。

「勇生はサンドイッチの他に何が作れるの？　ハンバーグとかミートソースは？」

綺麗に食べ終えた静希は、子供らしい好奇心で勇生に尋ねる。

「だいたい何でも作れるぞ。甥や姪の食事と弁当も作ってたからな」

「ケーキも？」

「ああ、よく作った。一度、三段重ねのケーキを作ったことがあったなあ。作るのは楽しかったが、食べるのが大変だった」

甥と姪の母親でもある勇生の姉たちは、仕事で朝早く帰りが遅い。自分たちのために働いてくれているのだと頭で分かっていても、気持ちが追いつかない甥と姪たちのために、勇生は笑ってしまうような大きさのケーキを作ったことがあった。直径の異なる三つのスポンジケーキを焼き、生クリームと果物をサンドし、綺麗にコーティングした。

甥と姪たちの大歓声は、彼らが中高生になった今でもすぐに思い出せる。

「……いいなあ。手作りのケーキいいなあ。僕も食べたい。……その、今すぐってわけじゃないんだけど！」

静希は頬を赤くして、必死で釈明した。

「子供なのに気を遣うなよ。そうだよな？　お父さん」

お父さんと呼んでやったのに、晴真は真顔で首を左右に振る。

「俺は独身だが」

「はあ？　じゃあ、この子は何なんだよ。顔もよく似て……」

勇生は途中で口を閉ざした。

人にはいろいろと事情がある。ついさっき出会ったばかりの自分が口を出すことではないし、なにより目の前に子供がいる。

「察してくれて幸いだ。勇生は賢くもあるのだな。可愛いだけで、よくも今まで世の中を渡ってきたと思っていた」

「ふざけんな、表情筋を使えない美形の電波。子供のためを思うなら、その不思議な物言いはやめて普通に戻れ。そうすれば、すぐに嫁が見つかるはずだ」

お節介も甚《はなは》だしいが、取りあえず言った。

どうせもう二度と会うことなどないのだ。

「いやだから、嫁なら今目の前に……」

「俺は充分日光浴したので、さっさと帰ります！」

するといきなり足元で「帰っちゃうの？」と可愛い声が響いて、静希が足にしがみつく。

「今すぐってわけじゃないんだけど、僕はいちごの三段ケーキを食べるのが夢です！」

「……ああ、そうだったな。ケーキだったな」

作れると期待だけ持たせるのは、甥姪の世話をしてきた勇生にはできなかった。子供はいつも素直で真剣なのだ。こちらも真剣に向き合わねば。

「じゃあ、来週の土曜日、この場所で……」

「あのね、うちのキッチン凄いんだよ。大きなオーブンもあるんだ。お菓子だけじゃなく、きっと美味しいご飯も作れるよ！」

「そうか」

やけに一生懸命だなと思いながら静希を見下ろすと、少年はちらちらと晴真を見ている。だが晴真は気づいていないようだ。

何かあるなと思った。

七歳の子供なのに他人を気遣うようなことを言ったり、無邪気に笑ったと思ったらすぐに澄まし顔になったり、静希はいろいろと「面倒臭い子供」のようだ。

むしろ、いやきっと、晴真の方が扱いやすいのではないかと思う。

「でもな静希君。知り合ったばかりの人の家に上がるのは失礼だと思う。だから……」

「仲良くなるのに時間はいらないって、先生が言ってた。フィーリングだって。第一印象も大事だって。僕は勇生をうちに招待したいです。とにかく凄いから見に来て」

さてどう断る。その前に、そこの保護者！　期待に満ちた眼差《まなざ》しで俺を見るな！

勇生は晴真を一瞥《いちべつ》し、ため息をつく。

「その、なんだ。子供の可愛いお願いの一つだ。聞いてやってはくれないか……？」

「あんたが安全な人間だと分からないままで？　ん……？　あれ？」

晴真が少し困った顔で、長めの前髪を掻《か》き上げる仕草を見て、勇生は首を傾《かし》げた。この男、どこかで見たことがある。これだけの美形だから一度見たら忘れるはずはないのに、今までピンと来なかったのは、彼が体から出しているオーラと服装が「オフ」だったからだ。

「なあ、あんたの名前……」

「海堂晴真。お前が覚えてくれるまで何度でも耳元に囁《ささや》こうか」

「いやいい。海堂晴真……ええと……」

そういや、島村《しまむら》さんが「アパレルと食」ってテーマで、いろんな有名人著名人のインタビューをしていたな。俺も一度、助手として付き添って、旨い飯を食ったことがある。確かあのビルはカイドウ・タワーで、グランドフロアのカフェカイドウが、夜にはビュッフェディナーのレストランに………カイドウ・タワー！　思い出したっ！

勇生は両手を伸ばし、小首を傾げている晴真の前髪をぐいと掻き上げて、簡易オールバックを作る。

「そうだこの顔だ！　俺たちのテーブルに挨拶に来た男！　海堂グループの、アパレル&コスメ部門の専務取締役だっけ？　肩書きはまあいいや、女性社員の『玉の輿《こし》に乗りたい』ナンバーワン男！」

「…………自ら俺に触れてきたということは、合意ととっていいんだな？　しかも髪に触れた。

親密にならなければ他人の髪に触れるという行為はしない。つまり、たった今からお前は俺の妻。新婚旅行はどこがいい？　俺は天国に一番近い島へ行きたい……」

「落ち着け。あんたのプロフィールは俺が言った通りで合っているか？」

「合っている。しかし、すでに出会っていただと？　当時の俺は、余りの忙しさに自分の運命の相手さえスルーしていたのか。最悪だ。だがここで帳尻を合わせることができた。ありがとう運命……」

晴真が淡々と語り、勇生の腰に力強く両手を回す。

いつの間にか、釣りをしていた男性たちが面白そうな顔でこちらを注目していた。

「勇生……」

「ちゃんと知ってたね！　知らない人じゃない。会ったばかりの人じゃない。だから僕は勇生をうちに招待する。勇生ならきっと、僕たちの家を助けてくれる！」

静希が晴真の言葉を遮って、上目遣いで「お願い」と両手を合わせる。まるで聖歌隊の美少年、いや天使と言った方が正しい。それだけの威力があった。

「う……」

「ほら！　晴真も変なことばっかり言ってないでちゃんとお願いしようよ。ね？」

天使の声に、晴真も真顔で口を開く。

「あ、ああ。……すまない、幼子に諭《さと》されてしまった。良かったら我が家にお茶でも飲みにきてくれないか？　正々堂々と、そして健全にもてなしたい。健全だ」

言っていることはやはりちょっとおかしいが、本気を出した美形の威圧感はとんでもない。

勇生は、晴真の前髪を掻き上げたままで「ではよろしくお願いします」と言っていた。


川縁の自転車道を、縦に並んでのんびり歩く。

一番前は、補助輪を付けた自転車に乗る静希。彼は「一人で乗る練習が終わったから補助輪なしね！」と晴真に言ったが、「まだ危ない」と返されて補助輪を付けられた。

その後ろを、晴真が歩く。勇生は晴真の少し後ろから、自転車を押して付いていった。

「そんなに遠くはない。ほら、あのマンションだ」

「はあ…………、ああ？　あれか！　あのマンションかよ！　デカい……！」

晴真が指さした先にそびえ立つのは、見晴らしのいい高層マンション。着工前からポストにチラシが入っていたマンションだ。

ＪＲと地下鉄の最寄り駅から徒歩五分以内にあり、セキュリティ万全。マンションの一階にはカイドウカフェが入っていて、限定メニューが人気らしい。勇生は近々、そこの取材をする。

「……凄いな」

ついでに、マンション内部もどうなっているのか見てみたい。滅多なことでは入れない空間には、純粋な好奇心が湧く。

「いろいろ案内してやれる」

「お願いします」

真顔で頭を下げたら微笑まれた。

電波台詞を言っているときの顔より、百倍もいい顔だ。微笑みを浮かべるのが似合う容姿だからだろう。いつもそんな感じでいればいいのに、美形が勿体ない。

最初からその笑顔で接してくれれば、一目惚れができただろうに。

勇生は、お互い男同士ということも忘れて、ぼんやりとそう思った。そして次の瞬間「ないない」と首を左右に振って顔を赤くした。


立派なマンションは駐輪場も立派。

無造作に並べられている自転車は、プロが使用するスポーツブランドのものや、有名ブランドばかりだ。これで近所のスーパーに買い物に行くとしたら、ちょっとシュールだ。

勇生は、高額なブランド自転車を尻目に、来客用の駐輪場に自転車を止める。

「こっちだよ！　早く早く！」

静希は笑顔で手を振って勇生を呼び、慣れた手つきで暗証番号を押していく。

認証されたドアが開いた。

「住居側からカフェに行くにはどうするんだ？」

「一度外に出て、屋根付きの通路から入る」

晴真が指さした先に、小洒落た屋根が見えた。あそこを通るのだろう。

「へえ。ああいうのもきっと演出なんだろうな」

「だろうな。……本来なら、プリンセスホールドで招くはずなんだが……」

晴真は不満げな表情で、両手の指をわきわきと動かし、何かを持ちあげる仕草をした。

ああ、意味分かった。丁重にお断りします！

勇生は「早く部屋に案内してください」と笑顔でスルーする。

「静希があぁ言ったからではないが、確かに凄いものがあるぞ」

「最先端のキッチンか？　それは見たい」

「いや、庭園というか農園というか、面白い緑に囲まれている。高層マンションにも虫がやって来るのが面白い」

「は……？　空中農園？　え？」

空中庭園ならパラダイス的な空間をイメージできるが、空中農園とは？

金持ちの考えることはよく分からないと、勇生は首を傾げる。

「説明するよりも見た方が早い」

晴真が笑顔を見せ、「早くってば！」と静希が手を振っているエレベーターに向かった。


二十五階建ての二十五階には、部屋が一室しかない。

というか、エレベーターが開いたらそこから「もう一つのエントランス」だった。

「なるほど、だからカードキーを通さないとここに来られないのか」

「正解だよ！　僕もカード持ってるんだ。それでね？　こっちから庭に出られるの！」

静希が駆けていった先には華奢《きゃしゃ》な浮き彫りのガラスの扉があり、彼はドアノブを掴んで押す。

「二十五階の庭って……大丈夫なのかよ！　風！　飛ばされるって！」

「安心しろ、ガラス張りだ。特殊なガラスだから強度や安全性に問題はない」

言われてドアの向こうを見れば、静希が何事もないように草花の間にちょこんと立っていた。

「ここが我が家の空中農園だ」

晴真がドアを開け、勇生に手を差し伸べる。

この手を取ってもいいものだろうか。何か取り返しの付かないことになるんじゃないか。

いや、それならとうになっている。静希に乞われ、晴真に誘われて、頷いたときに、勇生の日常は「非日常」になったのだ。

だったらいい。よし、掴んでやる。

勇生は差し出された晴真の手を掴み、ガラス扉から「空中農園」とやらに足を踏み入れた。


見晴らしはいい。川の向こうまで見渡せる。花火大会のときは最高の見物ポイントになるだろう。

だが勇生は、見晴らしよりも地面に驚いた。足元はテラコッタタイルで、素足で歩いても気持ちのいい仕様になっている。無造作に作られた（好意的に言えば英国式）花壇に花が咲き、その横にトマトやナスが植えてある。フリーダムだ。

向こうの花壇にはオクラとアスパラが植えてある。ほかにも、草木が成長するに任せた花壇の中に野菜がひょこひょこ顔を出していて、なんとも不思議な空間だ。

「……たしかに、庭園と言うよりは農園。でもこれだと、野菜に養分が行き渡らないんじゃないかな？　ナスは火を通すからいいとしても、生のトマトがまずいと一生のトラウマに……」

「その前に、ニンジンに芋虫《いもむし》が付いているのを発見して、それがトラウマだ。土を盛ると、こんな高さでも虫が付いてくる。この間は蝶《ちょう》がいた。可哀相だからと、静希が網で捕まえて一階まで持って行き、そこで放してやった」

晴真がゆっくりと庭を歩き、お茶を飲めるスペースに移動する。

テラコッタタイルが敷き詰められ、アクセントに低木が植えられたスペースには白いテーブルと椅子、そしてカウチソファが鎮座していた。

海外のインテリアブックでこういうのを見た気がする。

あのときは「庭にソファを置いて雨が降ったらどうするんだよ」と突っ込みを入れたが、こんな風にガラスで囲まれているなら、庭にソファもアリだ。

よくよく見ると天井すべてがガラス張りでなく、ところどころに屋根があって日光を遮るようにできている。空調も、さっきから快適だ。

「なんて豪華なサンルームだ……」

「子供の手が届かない位置には窓もある。掃除でしか開かないがな」

「よくここに庭なんて造れたな。まあ、半分は家庭農園みたいになってるけど」

「食は大事だ。自分で作れるものはいろいろ作ってみたい。海堂家の男は、食材を用意するところまでしかできないが……」

晴真は残念そうに言って、大げさに肩を竦《すく》めて見せる。

「……何か問題でも？」

「ああ。とてつもない問題だ。呪われていると言っても過言ではない」

こんな場所だからか、呪いと言われても引くより先に「そうなのか」と頷きそうになった。

「なぜこうも苦しまなければならないのか、俺には本当に分からない」

「お祓《はら》いとかすればいいんじゃないか？　知りあいに心当たりがある。代金も安い。気休めと思って一度……」

「気持ちだけ受け取ろう。海堂家の男子は、この運命を受け入れなければならないんだ」

晴真が目を伏せ、ゆっくりと首を左右にふる。

少々芝居がかった動作だが、美形がやると様になった。勇生はつい彼の表情に見惚《みほ》れる。

本当に、こんなに綺麗なのに……どうして言葉使いと表情筋がアレなんだろう。せめて、どっちかが普通なら……そこまで考えて我に返る。

普通なら、何をどうするんだ。男同士なのに。変なことを考えるんじゃない。

勇生は、「こっちからリビングに入れる」と案内してくれる晴真の背中を見て、「惑うなよ俺」と自分に囁いた。


広々としたリビングダイニングでひときわ存在感を放っているのが、外国製のアイランドキッチン。大理石の作業台に、ＩＨクッキングヒーターが三つ。シンクも大きく使い勝手が良さそうだ。

「このアイランドキッチン……イタリアのアランチャ社のじゃないか！　料理家垂涎《すいぜん》の高級キッチンだ。うわー……！　俺触っちゃったよ！　あ、写真撮っていいか？　ちょっとだけ！」

カタログでしか見たことのない、美しく立派なキッチンを目の前にして、勇生は口元がにやける。

「ああ、気が済むまで撮ればいい。……飲み物にリクエストはあるか？」

「えっと……このキッチンを見てると紅茶の気分」

「わかった」

晴真が真顔で頷き、シャツを捲《まく》り上げてキッチンシンクで手を洗った。

「勇生は僕にケーキを作ってくれるんじゃないの？　どうして晴真のお茶を飲むの？」

小さなミントの鉢を両手に持って、庭からリビングに入ってきた静希が、晴真を見上げて唇を尖《とが》らせる。

「ケーキを作るにも材料がない。次回の楽しみにしよう」

「……そっか。次回の楽しみってことは、勇生はまたここに来てくれるってことだもんね！あーあ、勇生が僕のおかあさんならよかったのに。そうしたら、毎日手作りケーキが食べられたのに」

静希が、視線を勇生に移して無邪気に言った。

無邪気で聞き分けのいい子供。大人が求める理想の子供。

それが演技であることは、勇生は分かっている。甥の一人がそういう子供だったのだ。仕事で忙しい母の前では手のかからないイイ子を演じていたが、いざ勇生が世話をすると我が儘《まま》大王になって癇癪《かんしゃく》を起こし、かと思ったらいきなり甘えてくる。

母に構ってもらえない分、自分にすべての感情をぶつけていた。

甥の祖父母である勇生の両親は、仕事人間で子供にはお金だけを渡していた。勇生はそういう子供時代を過ごして来たので、静希の気持ちは分からなくもない。

晴真は頑張って「父親業」をしているようだが、でも、悔しいかな実の親には勝てないのだ。

勇生は経験からそれを知っている。

「俺は静希の母親にはなれないけど、ケーキなら作ってやるよ」

「僕はおかあさんの方がいいなあ。……でも勇生のケーキは食べるよ」

「それは今度な。材料を用意してからだ」

「……ねえ勇生がここに住んで、僕と晴真の世話をして」

美少年が微笑みながらとんでもないことを言う。

なんでこうなる！

勇生は神妙な表情を浮かべて沈黙した。

「本来は俺の恋路の話なのに、なぜか静希と勇生の二人で話が進んでいるようだが」

晴真が腕を組み、静希と勇生を交互に見つめた。

川っぺりの運動場ではあんなに饒舌《じょうぜつ》だった男が、今までよく静観していたものだ。

「いや、恋路じゃないし」

「俺の淹《い》れた茶を飲んでもそう言えるかな」

自信たっぷりに言うよなあ。では飲ませていただきますか！

勇生は心の中で突っ込みを入れながらも、彼の淹れたお茶に興味が湧いた。

「飲み物に呪いはかからなかったようで、俺の淹れる茶は旨いと評判だ。堪能《たんのう》しろ」

ずいと目の前に差し出されたお茶。

青い小花が描かれたティーカップと、青く塗られたソーサーにはどちらも金縁があり、琥珀《こはく》色の紅茶によく映える。

「ナルミのカップか。綺麗だよな」

「お？　分かるのか？　俺はあそこの食器が好きだ」

意外にも無邪気な笑顔を見せられた勇生は、心の中で「美形の可愛い笑顔は反則わざだ」と呟《つぶや》く。

ふわりとオレンジの香りが漂う。いい香り。勇生は砂糖を入れずに一口飲んだ。

「旨い。これってブレンドか？　えぐみがまったくない。旨い。ただの紅茶じゃないよな？

なんか、懐《なつ》かしい感じの味がする」

「中国茶とダージリンのブレンドだ」

そう言って、晴真は自分のカップに薔薇《ばら》の形の角砂糖を二つ入れた。

静希は紅茶にあまり興味がないのか、冷蔵庫からオレンジジュースを引っ張り出している。

勇生もティーソーサーに載っていた薔薇の角砂糖を二つ入れ、軽くかき混ぜてから一口飲んだ。こっちの方が美味しい。それにこの爽《さわ》やかな甘い香り。

仕事柄、フレーバーティーやブレンドティーは数え切れないほど飲んだ。有名店のインストラクターが淹れた紅茶も、紅茶風呂に入れるほど飲んだが、これは凄い。

「今まで飲んだお茶の中で、一番旨い」

口から勝手に感想が零《こぼ》れていく。

それほど、晴真の淹れた紅茶は旨かった。

「大好きなフードライターにそう言ってもらえると嬉しい」

すっかり忘れていたが、晴真は勇生の「ファン」だった。

「こんな旨い紅茶でもてなしてもらって、三段ケーキを一つ作るだけでいいのか?」

「そこで提案なのだが……」

なんとなく嫌な予感がするが、そんな男の家に上がり込んだ時点で仕方がないのだと、勇生は笑顔で「なんですかね」と尋ねる。

「俺と静希の食の管理をお前に任せる。当然、住み込みだ。部屋は一室与える。ダブルワークも構わん。それ以外の待遇も、もちろん最高のものを用意する」

「それは提案じゃなく決定……？」

「ああ、そうとも言うな。本来ならこんな強引なことはせず、然るべき手順を踏んでお前のハートを射貫《いぬ》くのだが、お前を一瞬でも手放すのが惜しい。ほんの数秒視線を逸らして誰かに攫《さら》われでもしたら、俺は死ぬまで自分を許せない。いっそ世界を破滅させたい……」

晴真は腕を組んだまま言う。自分の言葉は世界の正義だと言うように事務的だ。

「いや、そうは言われても……」

「俺がここまで譲歩しているのに断るつもりか？」

一体何を譲歩しているのか知らないが、彼がまったく引く気はないのは分かった。

さてどうする。

「ここの調理器具を使い放題だぞ？　庭にも好きな野菜を植えていい。高層階の空中農園なんて素晴らしいと思わないか？　だいたい俺は今すぐお前を妻に迎えたいとは言ってないのだから、ここは頷いてもらわないと困る」

晴真が冷静に言っているから誤解しがちだが、内容的には我が儘を言う子供と同じだ。

「あのな、まず……日本の法律では男同士は結婚できないぞ？」

「だがパートナーシップというものがある」

「あるけど。いや、だからといってここで納得できないんだけど俺は」

「俺の気持ちはわかっているはずだ」

ええはい。強引で一方的であくまで上から目線の、百年の恋も冷める芝居じみた台詞でいっぱいの怪しげな気持ちはね。伝わりますよ。感情的にならない分、しっとりと体に浸みてきます。ええ。

真剣な表情で見つめられても、大仰《おおぎょう》な台詞一つで「す……っ」と素に戻ってしまう。

「いろいろ優遇してくれてるってのは分かるけど、俺の仕事は都内のあちこちを飛び回る仕事なので、食の管理と言われても毎回温かい料理を提供できない。帰宅が遅くなることもあるし、だから……」

申し訳ないが断るしかない。そう思った勇生の右手を、晴真が両手で握り締める。慌《あわ》てて手を振って離したが、晴真の熱はじわりと勇生に伝わった。

「料理は作り置きでも構わない。温める程度の作業なら俺と静希にもできる」

「だったら家事サービスを使えば……」

「ダメだ。赤の他人をいきなり部屋に入れることはできない。外食、デリバリー、ケータリングや実家からの人的支援もそろそろ限界だ。というか小学生に、給食以外の食事を外食ですませるのは俺が嫌だ」

「ああー……それはなんとなく分かる。便利だけどな」

外食が悪いと言っているのではなく、ようは気持ちの問題だ。

「ならば、俺の申し出を受け入れるな？」

「それとこれとは話が別だ。今日出会ったばかりの人間に我が儘を言うな」

「…………強情な天使め。まあ、そういうところは嫌いじゃない」

晴真の低い声に、静希の「晴真頑張れ！」という声が重なった。

子供は好きだし可愛いと思う。

だが静希は赤の他人で、甥や姪と同じように世話はできないだろう。

なのに。

「静希は自分の部屋に行ってなさい。これから、俺と勇生の二人で話をする」

この男は静希をリビングから追い出して、三人掛けソファに腰を下ろした。

「突っ立っていないで座れ。ここに座れ」

真顔でポンポンとソファの右隣を叩《たた》いたので、わざと左隣に座る。

「静希は以前、ハウスキーパーに誘拐されかけたことがある。姉が生前雇っていたハウスキーパーで、気心が知れているからと、俺が続けて契約したんだ。だが、何を思ったのか、オムツが取れたばかりの静希を連れて、誰にも何も言わずにマンションから出ようとした」

たしかに、静希がいない方がいい話だ。というか、少々重い。

しかし続きが気になる勇生は「それで？　どうなった？」と尋ねた。

「俺が忘れた書類を取りに来た秘書と鉢合わせして、挙動不審だったからと警察に連絡して引き渡した。身代金を受け取ったら子供は帰すつもりだったと言っていたが……どうだか」

当時のことを思い出したのか、晴真の美しい横顔が一瞬歪《ゆが》む。

「その、大事にならなくてよかったな」

自分にも、可愛い甥や姪たちがいる。誘拐なんてされたら一瞬で目の前が真っ暗だ。無事だった暁《あかつき》には、自分ができる最善の努力をしたい。だから晴真の気持ちがよく分かる。

「ああ。……だが、それから他人をここに入れようと思うことはなくなった。いつどこで静希が誘拐されるか分からないと思ったら、シッターなど恐ろしくて呼べん。実家に預けようにも、みな一線で働いているので無理。静希が幼稚園に上がるまでは、結局俺が会社に連れて行った。お陰で今の海堂グループは社内に保育所と幼稚園が併設されるようになった。というか、うちの伯母&叔母連中が『作れ！』と運動を起こしたからなんだがな……」

「結果的に、働く母親に優しいことになって良かったな」

「それでも、海堂の男の呪いは消えたりしない」

ああ呪いか。ちょっと忘れてた。一体なんの呪いだよ。

勇生が話しかけようと口を開けたが、言葉を発する前に晴真が「料理が作れない」と言った。

「はい？」

「海堂家の血が流れている男が作った食べ物は最終兵器にも等しい。器用か不器用かで言われたら、ありがたいことに海堂家の男は器用だ。しかし料理を作るとダークマターに変化する」

「は？　ダークマター？」

勇生の頭の中に、ＳＮＳでたまに拡散される真っ黒焦《こ》げの手作りケーキの写真が幾つも浮かんだ。

たしかにアレはダークマターだ。暗黒物質で、人間が食べていい代物ではない。

「冗談でなく、どうしてレシピ通りに作ったのにこんなにクソまずく気持ちの悪い食べ物ができるか分からなかった。……遺伝だったとは」

「味覚は普通なんだよな……？　俺のサンドウィッチを旨いって食べてくれたし」

実は味覚もおかしいですなんて言われたらどうしようかと、勇生は手のひらに冷や汗をかく。

「味覚に問題はない。ただ、どうしようもなく料理に対して壊滅的なセンスしかないという、恐ろしい遺伝の病なだけだ……」

それはある意味、なんて恐ろしい。

あー……うん。たしかに呪いだわ。しかもかなりヤバい呪いだわ……。

勇生はうむと深く頷いた。

「もし、自分の目で確かめたいというなら、今からホットケーキでも作ってみせるが」

「いや、頑張って作ってるのに料理が凶器って人は本当にいるから大丈夫。理解できる」

「それは幸いだ。……で、そんな風に困っている俺と静希を助けてやろうと思わないか？」

「助けて欲しい人間が、ずいぶんと上から目線だな。たしかにあんたの地位なら上から目線だろうけど」

「うぐ……」

「魅力的な話ではある」

「ならば」

晴真は勇生の肩を掴んだ。相変わらず、綺麗だが表情が読めない。

ソファの背もたれにぐいと押しつけられて。まるで今からキスをするような体勢になる。体勢だけじゃない。これはキスの距離だ。絶対にそうだ。一度もしたことはないけど！

見上げると、晴真の美しい顔がある。

本当に残念な美形だよ。勿体ない。静希に対する気持ちはよく分かったし、しっかりしているると思う。でも、それ以外のところが本当に残念だよ。問題ないのは当然だが、それでも、俺の素行をちゃんと調べろよ。第一印象で決めるなよ。大事な甥っ子がまた誘拐されたらどうする。俺はしないけど！　あと、強引で上から目線のくせに、迷子になった犬みたいな途方に暮れた顔を見せるな。ほだされる。好きだとか妻になれとかいろいろ言われた後なんだ。相手が男だってほだされるぞ。俺、男に恋心なんて抱《いだ》いたことないのに……。

そんなことを思いながら見つめ返していたら、晴真の顔がもっと近づいてきた。

「え」

ちょっと待てと、制止する間もなく、勇生の唇は突然柔らかなもので塞《ふさ》がれた。晴真の唇だとすぐに分かったが拒絶できない。想定外のことに頭が真っ白になって、体の動きが止まってしまう。

柔らかな唇を優しく押しつけられていくうちに、呼吸が苦しくなって口を開けた。するとそこに、晴真の舌が入り込んでくる。勇生は驚きの余り、ますます体を強ばらせた。

思考できない代わりに、体が反応していく。

初体験のはずなのに、体が「これは良いキス」と伝えてきた。混乱すると「気持ちの良いキス」と伝えてくる。勇生の中で、頭と体の伝達システムが変えられていく。

口の中で、温かくて柔らかな舌が動き、あやされ、息が上がる。気持ちの良いキスが勇生の体を溶かしていった。

「ぁ、は……っ」

唇が離れても動けず、笑みを浮かべている晴真を見上げるしかない。体が熱くて、たぶん、顔も真っ赤だろう。

「ほら、気持ちの良いキスだったろう？　俺たちはきっと体の相性がいい。だからきっと何もかも上手く行く」

男女を問わず初めてのキスなんだ。そんなの分かるかよ。つか、真顔でキスなんかするな。こういうときぐらいもっとこう、頬を染めて見せるとか、表情で表せこのやろう……！

心の中で悪態をついても、手入れされた指先で頬を撫《な》でられると吐息が漏《も》れた。もっと気持ちのいいことがしたくなる。

「そんなの……わかるか、よ」

「分かるんだよ、勇生。ここがもっと気持ちのいいことをしたいと、俺に教えてる」

ジーンズを穿いた股間の、不自然な膨らみを手のひらで包まれ、撫でられる。

「は、ぅ」

くっそ！　相手は男なのに、なんで反応するんだよ！　気持ちの良いキスだからか！　抵抗ぐらいしろよー！　節操ないぞ俺の体……！　ああもう、やばい……っ。俺、めちゃくちゃ快感に弱い。今わかったっ！　晴真さんの手で弄《いじ》られて、めちゃくちゃ感じてる……っ。

気恥ずかしいやら気持ちいいやらで、思考がどんどん乱れていく。

「可愛い。初《うぶ》な反応がたまらない。もっといろんな顔を見せてくれ」

「え？　ぁ、あ……っ」

晴真の両手が器用に動き、勇生は股間を晒《さら》すことになる。膝まで下ろされたジーンズと下着が妙にいかがわしい。

「ずいぶん綺麗な色をしている。贅沢《ぜいたく》を言うが、経験していなければ嬉しいんだが……」

勝手に反応した陰茎は、ぴくんと震えてさっきよりも硬くなる。腹につくほど勃起し、鈴口から先走りが零れ落ちていくのが分かる。

敏感な場所を掴まれて腰が浮いた。体が勝手に期待している。

恥ずかしくて死んでしまいそうだと、勇生は恥ずかしさに唇を噛《か》む。

「慣れてないな。……勇生、もしかしてお前」

それ以上は言われたくない。だったらむしろ自分で言ってやる。

勇生は晴真を睨《にら》みながら「童貞で悪かったな」と言った。

自分だってこの年まで取っておくとは思わなかった。だが、したいと思える相手が一人も現れなかったのだから仕方がない。

なのにこの男は。

「俺に出会うまで誰のものにもならずにいてくれて、とても嬉しい」

なんでここではにかむ。

怒鳴りたかったのに、これでは怒鳴れない。それに、この男の指が気持ち良くてあらぬことを言ってしまいそうで怖い。

「勇生、可愛い。今日は最高の一目惚れ日和《びより》だった。一生をかけてお前を幸せにするから、覚悟しろ」

「偉そうなこと、言って……っ、あっ」

いやらしい指の動きに翻弄《ほんろう》されて、悪態さえつけない。というか、自分の出している声が他人のようで違和感がある。それに。

「この現場、子供に見られたら……どうすんだよっ」

「どうにでも隠せる。相手は小学一年生だ」

「意味が分からないからって見せていいもんじゃっ、ないだろっ。このやろう……っ」

「では勇生。大きな声を出すな」

真剣な顔で言うなよ、怖いから。

たしかに、勇生が声を出さなければ、静希が「変な声が聞こえた」とリビングに戻ってくることはないだろう。

「あんた、最悪……っ」

「そんな顔しても怖くない。可愛くて俺が死ぬだけだ」

「だったらさっさと死ねよ」

「可愛くないことを言う顔も、凄く可愛い」

気持ち良すぎて「やめろ」と言えない自分が悔しい。

緩く扱《しご》かれているだけなのに、指の当たる場所がすべて気持ち良くて、彼の動きに合わせて腰が揺れてしまって恥ずかしい。

「そこ……っ、や、やだ……っ」

そんな焦《じ》らすようにゆっくり扱くなんて酷《ひど》い。もっと気持ち良くなりたい。

自分で快感をコントロールできないもどかしさがすぐに快感へと変わり、勇生は、自分の陰茎を弄《もてあそ》んでいる晴真の手首を両手で掴んだ。

「どうした？」

「俺……っ、ここんところ抜いてなかったから……だから……も、出る……っ」

「俺は勇生が射精するところを見たい」

バカバカバカ野郎！　ふざけんなよっ！　そんなの恥ずかしくて死ぬぞっ！　気持ち良くてもそんなのだめっ！

最悪なのに、耳元に囁かれただけで達しそうになる。体が晴真を求めてる。ヤバイ。

「そんなの……っ、初めて見せる相手が……あんただなんて……っ」

「嫌なのか？　可愛い勇生。ほら、俺の手をこんなにとろとろに濡《ぬ》らしてる。気持ち良すぎて、こんなにとろとろなんだろう？」

囁きながら時折耳にキス。気持ちがいい。ああ畜生、きっと体の相性もいいのだ。認めてやるとも。気持ちが悪いどころか、もっと、どこまでも触って愛撫《あいぶ》して欲しいと思ってしまうのだから。

「ばかぁ……っ」

「どうせなら、気持ちがいいと言ってほしい」

「そんなんっ、ぁ、やだ、そこいじんなっ、やっ、ぁぁっ、声、出る……っ」

裏筋の感じるところを爪でくすぐられたら我慢できない。思う存分声を出して、腰を振って射精したいと、泣きべそをかいて晴真を見た。

「本当に、俺の天使はとんでもない小悪魔だ」

なんだそれ意味が分からない。天使でも悪魔でもどっちでもいいから、早くどうにかしてくれよ。あんたならできるんだろ！　俺もう我慢できないって！　射精させてくれ！

勇生は、まさか自分がここまで欲望に忠実だと思わなかった。童貞すぎて何かをこじらせてしまったんだろうか。

「早く」と唇を動かしたら、晴真にまたキスをされた。今度は深く長い。勇生の発した声はすべて晴真に飲まれた。

「や、や……っ、俺初めてなのにっ！　誰かに弄られて射精するの初めてなのに……っ！　あ、見るな、見るなよ……っ、だめ……っ」

息が上がって上手く呼吸できない。晴真さんにじっと見られてる。俺が出すとこ見られて、なのに、なんでこんなに感じてるんだよっ。俺って快感に弱いだけでなく、見られて感じる変態だったのか……？　マジかよ……。

射精しているところを視姦される。なのにそうされることが気持ち良くて、自分で股間を隠すことができない。射精を終えると晴真にチュッと軽くキスをされた。勇生はそれを追いかけて、今度は自分からキスをする。

だが、キスを終えて一秒後には山のような後悔が押し寄せてきた。

「今のキスは、俺の条件を呑《の》むということだな？　俺の天使。凄く可愛らしかった……」

「う……っ」

気持ち良かったなんて、初めてなのにそんなことを言ったら、俺はただの淫乱《いんらん》なのでは？　男の淫乱ってヤバくないか？　どうしよう……。

言い返せずに口を噤《つぐ》んで眉間《みけん》に皺《しわ》を寄せる。

「俺の愛の翼に包まれて生活するということでいいな？　取りあえず婚約は成立だ」

「……食の管理が婚約って、意味分かんねえよ」

「どちらも大して変わらない。愛しているぞ、勇生。お前はとても可愛い」

この状態でそんなことを言われても……俺はどうリアクションをしていいのか分かんないって……。

でも勇生は心の中でしか突っ込みを入れられない。

なぜなら、晴真が無邪気な顔で微笑んでいるのだ。

あんたの表情筋は、なんでここで威力を発揮するかなあ。そんな顔で微笑まれたら、強く出られないだろうが。可愛い顔して笑いやがって。さっきはあんな、いやらしいことをしたくせに。ああ、なんか、胸の奥がギュッて締め付けられる……。

勇生は右手で無意識に胸を押さえる。

「ほんと、反則男だよ……。なんだよその顔。俺を新たな道に落とすのかよ。ばかやろう。気持ち良かったよ。くっそ、俺は初めてなんだぞ。何もかも初めてなのに……」

言ってて情けないが、でも事実だ。

後悔に押し潰されながら、勇生は低く呻《うめ》く。

「俺とて、『男なんて！』とあからさまに拒絶されたら何もしない。おそらくお前も俺と同じだ。性別にこだわるのではなく、誰かに恋をすることの方を優先する。……さすがは俺だ。自分と同じタイプの人間と恋に落ちるとは。このまま愛を育《はぐく》もう。きっと将来は素晴らしいものになる……」

「待て。それは無理だろ」

あやうく頷くところだった。悔しいがほんと、頷きかけた。快感に弱い自分の体を叱咤《しった》する。

自分の中の恋愛感情が揺らいで混乱していた。

恋愛のベクトルは女性にだけ向いていると思っていた自分の足元に、ピシリとヒビが入ったような気がした。いや、正直、ヒビは入ったと思う。早く直したい。

「なかなか落ちないものだな。まあいい。まずは俺の仕事を引き受けるか否か、それを聞かせてもらおう。勇生にとってもいい仕事だと思う」

晴真はあくまで淡々と冷静に、そして事務的。さっきの微笑みはどこかへ消えたようだ。勇生は無性に腹が立った。

「……分かったよ。ああ、分かったとも！　やればいいんだろやればっ！　バイトと思えばいいんだよな？　まずは一ヶ月という期間限定だ！　あと、こういう関係はなし！　分かったな？　今のは犬に噛まれたと思って忘れてやる！」

ああああ！　俺は何を言ってるんだ！　自分が可哀相になることを言うな！　「気持ち良かったけど今だけの関係にしよう」ってクールに言えよっ！　俺のバカ！

勇生はこれ以上落ち込みたくなかったので、口から出る言葉だけでも強気に出た。

「それはちょっと……酷くないか？　俺は犬か？　そんなつもりで触れ合ったわけじゃない」

「勝手にアクションを起こしておいて、そんな澄ました顔で言われても腹が立つ。とにかく、俺の仕事は家事。それ以外はない。そして期間限定。勝手に延ばすなよ？」

入稿を終えたばかりなので時間の融通は利《き》く。「まずは一ヶ月」と言ったのは、何事にも試用期間があるからだ。

あとひとつ。

この手のゴージャスな人間に深入りすると、あとで辛《つら》い思いをするのは一般人であるこっちの方だ。愛だの恋だの言われて、強引に深入りさせられてしまったが、これ以上は自分から足を突っ込まない。踏みとどまってみせる。絶対に！

「一ヶ月か……すぐに更新してやる」

勇生の気持ちを知ってか知らずか、晴真が深く頷きながらそう言った。

『雇用に関する正式な書類はすぐに用意するつもりだ。準備ができたら連絡する』

晴真がそう言ったとおり、今日、彼の秘書を名乗る「観月歩武《みづきあゆむ》」という男から電話があった。声は若かったが晴真と違って不思議な単語は口にせず、落ち着いていて安心できた。あんな男でも有能な部下がいるのかと感慨深い。

しかも観月に「うちの晴真が申し訳ありません」と謝罪された。勇生の中で、観月の株が急上昇する。なんていい人だ。

『あいつは普段は常に淡々として感情を表に出さない男なんだ。ただ時折こんな無茶をする。今回は特別とんでもない無茶だ。……ただし他人をここまで気に入るなんて、初めてのことかもしれない。……なので吉松さん、申し訳ありませんが晴真のことをお願いします』

……まあうん、観月さんに言われちゃ仕方がないか。セクハラ行為もきっとあの一回で終わりだ。何せセックスはお互いの同意がなければ成り立たない。あんな気持ち良いの初めてだったから、二度目がないのは残念だけど……って違うぞ俺！　欲望に流されるな！

勇生は心の中で己を叱咤する。

「ダブルワークは初めてのことなので、俺もどこまでやれるか分かりませんが、こちらこそよろしくお願いします」

『いえいえ。こちらが先に無理を言っているので、吉松さんのメインの仕事に支障がない範囲でお願いします。私もファンなんですよ。SNSもフォローしてます。あなたの著作を持って食べ歩きしてます』

こんなところにもファンがいた。ありがたい。本当にありがたい。あとで俺も観月さんをフォローしよう。

勇生は照れ笑いを浮かべて「ありがとうございます」と頭を下げた。

『書類を揃えましたら、すぐにご連絡します』

「はい、よろしくお願いします」

それでは失礼しますと通話を終えてから、勇生は「一ヶ月の試用期間とはいえ、島村さんに言っておかないとな」と独り言を言ってため息をついた。

「……で、吉松は一ヶ月間、あの海堂晴真に密着取材か。いいね。頑張って。彼、女子受けがいいから、一度仕事がしたかったんだよね」

雑居ビル三階の一室にある編集プロダクション「アイランド」。その代表である島村は、人なつこい笑顔で何度も頷いた。

二人のバイトたちは忙しそうに電話でアポイントを取ったり、資料を整理している。

こぢんまりとした職場ではあるが、勝手知ったるメンバーなので働きやすい。

「あー……いやいや、そうじゃなく、密着取材じゃなく。単に家政夫として呼ばれたと言うか、そんな感じなんで」

借りっぱなしの資料もあるから返すついでに寄ったのだが、島村はいつになく嬉しそうにニコニコした。ぽっちゃり体型でボーターTシャツを着ている彼は、お金持ちに飼われている縞《しま》猫《ねこ》を連想させる。今は椅子に座ったチェシャ猫だ。

「まあ、大して変わらないでしょ。女性雑誌に提案したいことがあるから、吉松はいつでも特集を組めるように写真をいっぱい撮っててくれ。綺麗な写真と言うより日常の、見た人が共感できるような感じのやつ。あと記事もな？」

「……島村さん、俺の次の仕事は、秋葉原《あきはばら》から上野《うえの》までの線路下にある飲食店の……」

「うん、それは次の次で。世の女性たちは海堂晴真の食生活に興味があるんじゃないかな。先月の『サクセスフル』に初めて彼の記事が載ったんだけど、マリさんたちがめっちゃ悔しがってた」

『サクセスフル』は若手起業家向けのビジネス誌で、マリさんは同じ出版社の『デイジィ』という女性ファッション雑誌の編集長をしている。

勇生も、マリさんとは「お得なランチ特集」で何度か一緒に仕事をしたことがあった。元気がよくて気の回る素敵な女性だ。そのマリさんが悔しがるということは、晴真というキャラクターは一般人気があるということか。マジか。

「自分の本に、先に記事を載せたかったんだって」

「………なんで？　モデルの代わりに使うとか？　人気はあっても会社の専務ですよね？　意外性はあると思いますけど……」

「あ、そっか。モデル代わりもさせたかったのかもね。それに彼、カイドウグループのコスメとアパレルを仕切ってるから、そっちからアプローチしたかったんじゃないかな」

「え？　そうなんですか、島村さん。相変わらずいろんなことを知ってますね。どこからの情報ですか」

バイトをしていた頃に、バイト仲間と「島村さんに知らないことはないいんじゃないか」という話で盛り上がったのを思い出す。

島村は微妙な表情を浮かべ、「吉松は食べ物にしか興味がないからなあ。それはそれでいいんだけど、もう少し他の業界にも目を向けような？」と言った。

「それなりに……知ってるつもりですけど。でも島村さんには及びませんが！」

言い訳だが仕方がない。

それでも島村は笑顔で「まあいろいろと大変だろうけど取材よろしくね。頑張って働いてくれ。セレブと食べ歩きの本を出せたら面白そうだから」と言った。

「アイランド」を出た勇生は、いつもの定食屋で昼食を食べてからアパートに戻ろうと思い、店の暖簾《のれん》を潜《くぐ》り抜けて空いている席に腰掛け、「肉と野菜炒め定食」を注文した。

お世辞にも広いとは言えない店内、古い椅子とテーブル、いつもワイドショー番組を映している備え付けのテレビ。若い男が客に多いのは量が多いからだ。あと旨い。良い意味で家庭の味を噛みしめることができる。

相席で向かいに座ったスーツ姿のガッシリした男は、豚肉の生姜《しょうが》焼《や》き定食を大盛りで頼んだ。

勇生は心の中で「さすがだ」と呟く。

「はい！　お兄さん！　肉と野菜炒め定食ね！」

いつものパートのおばちゃんが笑顔で料理を置いていく。

肉と野菜炒めはラーメン丼に入り、熱々だぜと湯気を上げている。醤油と香味野菜の香ばしい湯気だけで、もう一杯食べられそうだ。ご飯茶碗は丼用の丼。味噌汁の器も丼。箸休《はしやす》めの漬け物だけは可愛い小鉢に入っている。

勇生は小さな声で「いただきます」と言い、箸と汁碗を持って一口飲む。

今日の味噌汁は豆腐とワカメで、これがまた、鰹出汁《かつおだし》が利いていてなかなか旨い。

頭の中で「今日の野菜はキャベツとニンジン多めだな」「豚肉旨い」「次は味噌炒めを食べよう」と目まぐるしく思いながら、定食を腹の中に収めていく。

向かいのサラリーマンも、山盛りの定食を脇目も振らずに食べ始めた。僅《わず》かに眉尻が下がっているのは、定食が旨いからだ。

分かる。旨い物を食べると笑いたくなるよな。ちょっとだらしない無防備な顔になるよな、サラリーマンさん。俺もだ。

心の中で「同志よ」と呟いて、勇生は食べ終える。

頃合いを見計らって、おばちゃんが冷たい麦茶をサービスで出してくれるのが嬉しい。ああ旨かった。幸せだ。

一回アパートに帰って昼寝をするのもいいなと思っていた矢先、携帯電話から着信音が鳴り響いた。これは通話の着信音だ。液晶画面を見たら相手は晴真だった。出なきゃ出ないで面倒臭い。

勇生は急いで立ち上がると、レジに千円札を出して「お釣りは後で取りに来る」と言って店を出た。常連だからこその技で、おばちゃんも「分かったよー」と暢気《のんき》に返事をしてくれた。

「はい！　なんだよこんな時間に。あんたは仕事だろ？」

『遅ればせながら、俺の昼休みだ。ところで、勇生のアパートの荷物は俺のマンションに移動させた。引っ越しは完了だ』

「…………は？」

何を言ってんだこいつ。勝手にそんなことができるのかよ！

眉間に皺を寄せて「どういうことだ？」と問うと、晴真はあの淡々とした声で話し出した。

『だから、うちのマンションに住んで、そこで仕事をすればいい。問題ない』

「問題あるだろ。勝手に人のアパートに入って何してんだよ、おい！」

『早くお前と一緒に暮らしたい俺と静希の気持ちが分からないのか？　勇生なら分かってくれると思っていたのに……』

そんな棒読みで言われても、可哀相だなんて思いません。つか、どうやって俺の部屋に入った。鍵は？　管理業者は？　犯罪じゃないだろうな？

どれから聞こうかと思ったところで、晴真に「お前の上司に協力を仰いだ。なかなか話の分かる人だな」と言われてすべてがすんなり繋《つな》がった。

今のアパートを借りるときに、勇生は島村に保証人になってもらったのだ。そして彼は合い鍵を持っている。

「なんだよー……島村さーん。俺は何も聞いてないよー。つか、勝手に引っ越ししたらアパートの契約がー……」

『すべてを移動させたわけではないので、アパートの契約に問題はない』

「住まない部屋に家賃を払うのかよ、俺は」

『こっちが無理を通したのだから、アパートの家賃はこちらで支払わせてもらう。もしや、それはだめだったのか？』

「いや、それはありがたいが……」

一体どの程度の荷物を持って行かれたのか気になってきた。

お気に入りのパジャマや歯ブラシがあるし、茶碗はわざわざ益子焼《ましこやき》の里まで行って買い求めたこだわりの品だ。値段はリーズナブルだったが、勇生の手の中にすっぽりしっくりと収まる茶碗で、ただいま愛用中。

「取りあえず、俺は一旦アパートに帰って確認する。話はそれからだ」

『せっかく一緒に昼食でも食べようと思っていたのに。フェアリーガーデンのランチパンケーキか、スギタのパン食べ放題ランチ……』

どちらも最高に旨い。そしてランチは予約を取らないために、常に長蛇の列に並ばねば食べられないものだ。勇生は女子の集団に混ざって何度も並び、その至福の味を舌と脳みそに焼き付けていた。

「う……」

『リストランテ・モモのランチという手もある』

「そこも、ランチは予約ないだろうが。旨いのは知ってるよ。けど、フェアリーガーデンもスギタも、リストランテ・モモも、予約できるのはディナーだけだ」

『いや、だからコネ』

いとも簡単に言いづらいことを言ってのけたよ！　この男！　これだから坊っちゃんは！

勇生は心の中で悪態をつくと、「でも一旦アパートに帰る」と言った。

『そうか。ではまた今度だな。つまり明日か。分かった』

「何勝手に決めてんだよー」

『俺は勇生と一緒に食事がしたいだけだ』

一緒に食事がしたいと言ってもらえるのは嬉しいが、だったらもっと気持ちを込めてくれ。棒読みで言うなよ。あと、こういうセリフを言うときは、表情筋を動かせよ？　通話中でも動かすもんなんだからな？　きっと真顔で言ってるんだろうけど。

晴真の真顔を想像して、ちょっとだけ笑う。

『勇生、今お前笑った？』

「別に。じゃあな」

これ以上話をしてもきっと堂々巡りだ。さっさと電話を切る。

しかし。

「あの、恐れ入ります。吉松勇生さん……ですよね？」

いきなり背後から声を掛けられて驚いた。

慌てて振り返ると、スーツ姿の青年が立っている。目線が同じなので身長も殆ど同じだろう。

清潔感のある短髪。姿勢がよく、凛凛《りり》しい顔をしている。

「あの、何か？」

「観月歩武と申します。またしても、うちの晴真が勝手なことをして申し訳ありません」

電話の声と目の前の人物がイコールで繋がった。

仕事ができるだろうハキハキとした受け答えをする人だと思っていたが、実物はそれ以上に有能に見える。いや有能だろう。何せあの晴真の秘書なのだ。

「観月さん！　初めまして吉松です。どうしてここに？」

「あなたを探しに。詳細は車の中で構いませんか？」

彼はちょっと困った顔で笑い、後方に一時停止していた黒塗りの車を指さした。


「気づいたときには、晴真が勝手に動いた後で、後手後手になってしまって本当にすみません。その代わりと言ってはなんですが、吉松さんの契約内容は最高のものを用意させていただきました。本当にあいつは、仕事以外のこととなると無能を発揮する……！」

座り心地のいい後部座席に並んで腰を下ろし、観月が眉間に皺を寄せて、ここにはいない男を罵《ののし》る。

勇生など「運転手付きの車だよ～。すげー」と子供のようなことを思っていたので、心の中で観月に「楽天的すぎてすみません」と謝った。

「最高の契約内容はありがたいです。ダブルワークはできなくもありませんが、やはり俺はライターとして身を立てていきたいので」

給料は、時間給でも日給でもなく月給で、書かれている金額が「破格」だった。

「あの、なんか……間違ってませんか？　この月給。いくらなんでも貰いすぎでは？」

アパートの家賃だって払ってもらうのに。

それとも、この賃金に見合うハードな家事になるのだろうか。しかし最初に案内された晴真のマンションは汚部屋どころか大変美しかった。

勇生は訝《いぶか》しげな視線を観月に向ける。

「こちらが面倒を見ていただくのは、晴真だけではありません。小学一年生の静希もです。学校行事には弁当が必要だったり父兄が参加することもありましょう。吉松さんには父兄の代理も務めていただきます。学校にはもう連絡済みですので、後ほど小学校に出入りする際に使用する身分証をお渡しします」

「……一ケ月、ですよね？」

「はい。ですが野外触れ合い学習というイベントが予定に入っておりますので」

キリリとした顔で「今時は、小学校でもさまざまなイベントがあります」と言われれば、

「そうですか」と言うしかない。

「弁当持参が大前提ってことか。学校側が保護者もチェックするってことなんですね」

「はい。静希が通っているのは、そういう教育方針の学校ですので」

「坊っちゃんが通う学校は、なかなか大変ですね」

するど観月は小さく笑って「晴真が選んだんですよ。過保護すぎる」と言った。

「正統派の美少年だから、過保護にもなりますよ。初めて会ったときはびっくりしました」

年頃になったら、周りの女子が放っておかないだろう。容易に想像できる。

「晴真も、子供の頃は誘拐されるほどの美少年でした。それが、なんであぁなったんだか。いや、父親の性格も受けついだんだろうな」

観月がしみじみと言う中に、物騒な単語があった。

誘拐ってなんだ。

「あの、警察沙汰になったことがあるんですか？」

「いや。あのときは俺が傍《そば》で大声で泣いたから、晴真が連れ去られることなく不審者は捕まりました」

「昔から、その、晴真さんと？」

観月と晴真がどういう関係なのか気になる。これは単純な好奇心だ。単なる好奇心だ。俺に
あんな恥ずかしいことをして「体の相性は最高だな」「愛している」「俺の妻」と囁いたくせに、

実は「本妻」がいたとかふざけんじゃねえクソ野郎！　……と、思ったわけじゃない。断じて違うから。いやほら、もし俺が「愛人」だったら、相手に申し訳ないというか……違う！　俺は妻でも愛人でもないっ！

勇生は心の中で盛大に主張しながら、冷や汗をかく。もしかしたら酷く情けない顔もしているのかもしれない。なぜなら、観月が慈愛の微笑みを浮かべて、「大丈夫大丈夫」と勇生の肩を優しく叩いたのだ。

なんて優しい人なんだろう。もしかしたら「本妻の余裕」なのかもしれない。勇生は晴真との「あやまち」を心から反省した。

なのだが。

観月は「言ってませんでしたか？　俺は晴真の従兄《いとこ》です。昔から、何かあるとあいつの世話をしてきたんですか、面倒臭いヤツなのでたまに殴りたくなります」と爽やかな笑顔を浮かべて言った。しかし、そんな笑顔で言っていいことなのか。

「久し振りに他人に執着を見せたから、ようやく恋人ができたかと思ったんですが……あいつの一方的な言動で迷惑をかけて、本当にすみません」

「あ、いや、はい、そこまで酷い迷惑は被《こうむ》ってませんし……」

なんということでしょう。

本妻どころか血縁でした！

よかった。本当によかった。俺は不倫の一端を担ったわけじゃなかった。本当によかった。ほんと、あの海堂晴真！　俺を妻にしたいとか、愛してるって言葉は誠心誠意だったのかよ。信じてなくて悪かったな！　いや、そんな誠意なんか受け取りたくないですけどね！　断じて受け取ったりしませんけどね！　そうか、この人が本妻じゃないならいい……って、俺の心を掻き乱しやがって！　バカ野郎が！

勇生は深呼吸をしながら、頭の中で晴真に向かって罵声《ばせい》を浴びせかけた。

「……えっと、するとつまり、彼の従兄であるあなたにも海堂家の呪いが？」

「あいつ、そこまで吉松さんに話したんですか？　恥ずかしいなあ。なんというか……事実です。最終的な化学兵器ならいつでもキッチンで作れます。この間はカップケーキをレンチンして作ったんですが、できあがったら謎の物体Xになってました。レシピどおりにやってもこの有様です」

観月は苦悩の表情で頷いた。

そして、晴真のマンションに農園がある意味を推理する。

野菜なら、生でも食べられる。収穫して洗って、そのまま口に入れればいい。ダークマターになりようがない。

「取りあえず、あいつのマンションに着いたらこの書類にサインをお願いします。ハンコはありますか？」

「あ、はい。持ってます」

いつどこで書類作成になるか分からないので、ハンコはいつもペンケースに入れている。

「それはよかった」

「気がついたら職が決まるなんてことがあるんですね。でも俺、無職じゃないんだけどなあ」

「ですよね。でも、こういう出会いがあってもいいんじゃないかなあとは思います」

そっか。こういうのもありか。ありなのか……。

勇生は観月の笑顔に癒されながら、自分も微笑み返した。


晴真のマンションに行くのはこれで二度目だが、豪華すぎて慣れない。

観月は勝手知ったるなんとやらで、自分の家のようにカードキーでドアを開けた。

「お帰りなさいっ！　なんかね！　荷物がいっぱい届いてたよ！　歩武！」

帰宅したばかりなのか、小学校の制服のまま背中にランドセルを背負った静希が玄関に駆け込んでくる。制服はセーラー襟の白いシャツに紺色の半ズボン、靴下は白のハイソックスで、私立の小学校らしさが滲《にじ》み出ている。

「ああ。俺が立ち会って業者に荷物を入れてもらったからな」

「そうなんだ…………え？　あれ？　勇生がいるよ！　歩武！　勇生がいるよ？」

ようやく勇生に気づいた静希が、手を叩いてはしゃぐ。

「来ちゃったよ」

「うん！　これからよろしくお願いします！」

勢いよく頭を下げた静希の後頭部に、ランドセルがぶつかった。

「よし。じゃあ俺は吉松さんを案内するから、静希は着替えて来い。手を洗ってうがいをしたら、おやつの時間だ」

静希は、観月の言葉に「はーい！」と元気な声を上げて、スキップしながら自分の部屋に向かう。

「吉松さんの部屋はこっちです。空いている部屋にベッドを置いて、デスクへのパソコンの設置はこちらでさせていただきました。ベランダに面した部屋なので、外の農園が見えます。たまに虫が入ってきますが、虫は……」

歩きながら説明する観月に、「黒くて素早い、Gで始まるアレ以外は平気です」と答えた。

「俺もです。で、部屋はここ」

ドアを開けると、勇生のワンルームアパートの倍以上もある部屋があった。

ベッドは窓際。仕事用のデスクはベッドの向かいの壁に沿うように置かれ、資料や書籍は作り付けの本棚に綺麗に並べられている。ベッド横には一人用のソファと丸テーブル。ここでのんびり庭を観ながらお茶ができる。夜なら夜景だ。なかなか良い。

「仕事に必要なものは一通り持ってきていますが、確認していただけますか？」

「あー……、ちょうど次の仕事に取りかかる前だったので、パソコンがあれば問題ないです。あとでネットに繋げてもいいですか？」

取りあえず、パソコンをインターネットに繋げておけば仕事に不都合はない。

「そうだ。デジカメを持ってこないと……」

後々のために、作った料理や晴真の写真も必要だろう。勇生愛用のデジカメは、リーズナブルな価格のわりにいい仕事をすると評判のもので、ぱっと見、この部屋の中にはなかった。

「それは気がつかなかった。申し訳ない。他には大丈夫ですか？　洋服は衣装ケースごと運んできたのですが」

それはとっても豪快だと思いながら、勇生は衣装ケースを確認して頷く。中身は今の季節に合った服だ。それでも、下着と靴は見あたらないので、やはり一度アパートに戻ろうと思った。

「夕食の支度に間に合うように、一度アパートに戻ります」

「では、さっき使った車を出しましょう。運転手ごと使ってください」

「いや、いやいや！　自分の体一つで足りますから！　大丈夫です！　そんな贅沢をしていたら、『いつもの生活』に戻ったときに自分がつらい」

するとと観月が、何か言いたそうな複雑な表情を見せる。

「……あの？」

「いや、なんでもない。では、せめて行きだけでも一緒にどうですか？　俺は、いや私……あもう、俺でいいか？　ある意味他人じゃないんだし。荷物を取りに行く前に吉松さん、契約書類の内容を読んでサインと捺印をお願いしたい」

一人称に悩むところがちょっと可愛い。晴真と血が繋がっているわりには表情豊かだ。見ていて楽しい。

「わかりました」

これは晴真と静希の食の管理よりも、「取材」と言った方がいいだろう。なにせ島村と観月の間では何やら話が繋がっているようだ。

それに勇生も、取材の名目があった方が動きやすいし、初回にあったハレンチ行為を回避するためにも断じて必要だ。

疑問に思うところはすぐに質問しながら、時間をかけて、勇生は書類を読み終える。自分に不利などころか最高の雇用契約だ。一ヶ月限定なのに、なぜか一ヶ月後に給料とは別に「一ヶ月達成金」なるものが発生していた。その金額が、一ヶ月分の給料と同額なのだからとんでもない。

「……旨い話すぎませんか？」

食べものが絡むだけに……と心の中で付け足して、観月を見つめた。

「迷惑かけるからよろしく頼む代金というものも入っているからな。晴真は我が儘だし、静希は子供のくせに本音をなかなか言わない。この二人の相手だ。正直……いくら出しても構わないとあれの両親から言われている」

観月はそっぽを向いて「アハハ」と力なく笑った。

それで察してしまう自分も自分だが、今ようやく、やる気が出てきたような気がする。

「大枚に見合った仕事をするよう努力します」

「頼んだ。ほんと、頼んだ」

観月が深々と頭を下げるので、勇生は逆に恐縮した。


一日自宅アパートに戻って、下着やデジカメを持って帰ってきたのが夕方。

静希は観月に「なんで勇生を連れてっちゃうんだよ！　僕、おやつにホットケーキが食べたかったのに！　ずるいよ　歩武！」と怒って、自分の部屋に引きこもってしまった。

「……へえ。俺のときと態度が違う。ずいぶんと子供っぽいな。いや、子供なんだけど」

勇生は、静希の新たな面を見て小さく笑う。

「あれですよ。吉松さんにはずっと傍にいてほしいから、あいつなりに気を遣っているんでしょう。子供のくせに何をやってんだか」

観月は肩を竦めてから、「コーヒーでも飲みます？」と言って、スーツのジャケットをソファに無造作に置き、立派なアイランドキッチンへと足を向けた。

ダークマターを作る「悪魔の手」の血を受け継いでいても、さすがに飲み物は問題ないだろう。勇生は笑顔で「ありがとうございます。お願いします」と言って、数分後に死ぬほど後悔した。

砂糖の代わりに塩の入ったコーヒーを飲んだのは初めてだったが、こんなに不味《まず》い物だと思わなかった。コーヒーのこくのある苦みと、塩はまったく合わない。

「おかしいな。どうして砂糖の容器に塩が入ってるんだ？」

「その前に、結晶の違いで塩だって分かるでしょ！　見ればすぐに分かるでしょ！」

「え…………結晶？　どちらも白いから同じでは？」

真顔で尋ねてくる様子は、晴真とよく似ていた。さすがは従兄弟だ。こんなところで納得したくなかったが。

「あの、観月さんの仕事は、海堂晴真さんの秘書なんですよね？」

「ああ。秘書室長と兼任している。部下たちが大変有能なので、俺が晴真の用事で席を外していても秘書室はうまく回っているってところだ」

秘書室長って、まあつまり仕事がメッチャできるってことだよな。そういう人なのに、「塩も砂糖も、どっちも白いだろ」と言ってしまうとは。海堂遺伝子のなせるわざか。それとも、世の男性はみなそうなのか？

勇生は「あとで容器に『塩』、『砂糖』と書いておこう」と心に決めた。

「そうなんだ。凄いですね。……あの、俺はキッチン周りは好きに使っていいんですか？」

「いいぞ。何でも使ってくれとの伝言をもらってる。もしよかったら、今日の夕飯に招待してくれないか？　一度吉松さんの料理を食べてみたい」

観月の瞳がキラキラと輝いた。食べることが大好きなのだと、一目で分かる。

こういう顔は嫌いじゃない。いや、むしろ好きだ。思う存分腕を振るいたくなる。

「是非とも！　やっぱり、食べてもらうのが手っ取り早い」

「そうか。ところで……あと一人呼びたいヤツがいるんだが構わないだろうか？」

「料理は大勢で食べる方が楽しいです」

二人の姉と、その姪や甥たちと食事をしていたころはいつもうるさかったが、うるさい分楽しくもあった。「おいしい」「これはいまいち？」「こっちが凄く美味しい」と、感想を言ってもらえるのも嬉しい。

「あと、静希君の好物を一つ教えてください。拗《す》ねてる美少年はある意味絵になりますが、俺は笑顔の方が好きです」

「静希はハンバーグが好きなんだ。上に目玉焼きが載ってる、ファミレスでよく見るようなタイプの」

ならばハンバーグプレートを作ろう。お子様にはリアルタイムの喜びを、大人には「お子様ランチ」のノスタルジーを。

今までの取材で、お子様ランチが好きな大人が意外と多かったことを思い出した。ワンプレートで楽というよりも、ワンプレートにいろんな料理が入っているワクワク感に、大人になっても惹《ひ》かれるのだろう。

「よかった。肉は……入ってるな。よし」

勇生は巨大な冷蔵庫を開けて、ガサガサと中を確認して頷く。「呪いの手」を持っているわりに食材が詰まっているのは、もしかして自分のために用意しておいてくれたのだろうか。だとしたら嬉しい。

「結構入っているだろう？　中身は昨日、晴真本人が買って詰めたんだ。あいつ、会議が終わった途端にどこに走っていくのかと思ったら、向かいのビルの一階に入ってる『食の今井』に入ったんだよ。まったく」

やはりそうだったかと、晴真が両手にスーパーの袋を抱えている姿を想像して、勇生は頬を緩ませた。

それにしても高級スーパーである「食の今井」に行くとは。気合いを入れてハンバーグプレートを作ろう。

勇生は心の中でそう誓って、両手の指をボキボキと鳴らした。


以前、インタビューをしたときから意気投合した料理家のタキコ先生にプレゼントされた、紺色の三角巾とエプロンを身に着け、キッチンの作業台に食材を並べる。

観月は「本家の連中に見せるから」と言って、ビデオカメラを構えた。

そこへ、いつまで経《た》っても誰も構ってくれないのを腹立たしく思った美少年・静希がやって来る。

「何やってるの？　ご飯？　もしかしてご飯？」

ぶすっと膨らんでいた少年の頬が、一瞬で、いつもの可愛らしいフェイスラインに戻った。

「そうだよ。今夜から俺が家事をする。今夜のメニューはハンバーグプレートだ」

「ハンバーグ！　僕は……なんて……幸せ者……！」

静希は両手で頬を押さえ、ぴょんぴょん跳ねながら勇生に近づいていく。

「あのね！　あのね勇生！　僕になにか手伝えることはある？　ねえ！　僕も少しぐらいは参加しても良いかなって思うんだけど！」

目をキラキラと輝かせながらしがみついてくる静希が可愛くて、勇生は笑顔で「じゃあ、野菜を洗ってもらおうかな」と言った。

野菜を洗うだけなら「呪い」は発動しないだろう。観月を一瞥すると、軽く頷かれた。なるほど了解。

「よし！　お手伝いだ！　発進！」

静希は跳ね回りながら、冷蔵庫横のデッドスペースに右手を入れて、折り畳まれた子供用の踏み台を引っ張り出した。

勇生は「大人が広げる」と言って、静希から踏み台を受け取って広げ、シンクの前に置く。

「よし。じゃあ、踏み台をそこに置いて。レタスとキュウリとトマト。インゲン、ニンジン。順番に洗ったら、こっちのカゴに入れて。大丈夫か？」

「任せてよ！　僕、コップを洗うの上手いんだから！」

ちょっと違うけどまあいいや。お手並みを拝見しよう。見ると観月も、子供らしい静希を見て目尻を下げている。

「よし、じゃあエプロンをしようか」

するると静希はいきなり固まった。

「どうした？」

「僕……エプロンを持ってない。エプロンがないと……お手伝いできない……！　なんてことだ！　なんてことだ！」

エプロンがないならないで、服が濡れたら後で着替えればいいのだが、静希は世界の終わりが来たような苦悩顔を見せる。

子供にとっては大事件なのだろうが、見ている大人は「可愛いなあ」とほんわかした気持ちになった。

観月も笑いを堪《こら》えて撮影している。

「濡れたら着替えればいい。服は洗濯機に洗わせて俺が干してやる。安心して仕事に励め」

「本当？」

「本当だ。俺も、静希が手伝ってくれると嬉しい」

「そ、そう言ってくれるなら！　僕は頑張るよ！」

機嫌が直った静希は、重大任務を引き受けた戦士のように厳《おごそ》かに踏み台に上がり、丸ごとレタスに挑んだ。

「上手い、吉松さん」

「甥と姪の世話をずっとしていたから、その時の感じで」

「なるほど」

「では俺は、この牛肉と豚肉の塊《かたまり》を刻んで、挽肉《ひきにく》にします」

アパートから持ってきた愛用の包丁を取り出す。

観月は「ほほう」と声を上げて、一部始終をビデオカメラに収めた。


「この書類の山に目を通してすべてにサインをしろと、そう秘書室長に言われておりますので。よろしくお願い致します、専務」

秘書室のリーダーに真顔で言われては、晴真は勝手はできない。

仕事を溜めていたわけではないし、自分がサインをしなければならない書類が多いことも知っている。好きでやっている仕事だ。頑張りたい。

だが彼は、現在「恋する乙女のように、恋に浮かれている男子」なので、なかなか集中できずにいた。

そんな彼に、最高の知らせが届いた。

仕事を始めて数時間後、観月からメールが来た。

『吉松さんが来てくれたぞ。今夜のメニューはハンバーグだそうだ。早めに仕事を切り上げて帰ってこい。そして、帰るコールもしておけ。俺にではなく吉松さんにだ。連絡先はちゃんと受け取っているだろう？』

当然だ。もちろんだ。俺に抜かりはない。そうかハンバーグか。静希の好物だったな。もちろん俺も大好きだが。ハンバーグは旨い。

晴真は何度も何度も深く頷いて、携帯電話のメールを確認する。

そして、目の前のソファに腰を下ろしていた男に「キモいんですけど」と悪態をつかれた。

そういえば、来客があったので部屋に通してもらったのだ。すっかり忘れていた。

「恋する男なんだから仕方あるまい。恰好《かっこう》などつけていられるか」

「……つまり、俺にもなりふり構わず押して行けと？　そういうアドバイス？　晴真さん」

ゆるふわっとした長めの髪は品のある茶色で、くっきりとした大きな二重の目が印象的な美青年は、晴真を親しげに呼んで起ち上がった。

有名男性ブランド「ソロモンオム」の、シンプルだが最高級の素材だと一瞬で分かるシャツとパンツを身に着けた彼は、一八五センチという長身もあって堂々としている。

立っているだけで絵になるのは彼がモデルだからだ。それも単なるモデルではなく、数々の雑誌社の賞を獲得した売れっ子モデル。しかも最近は俳優としても活動していて、なかなか人気がある。

「アドバイスなど必要か？　玲音《れおん》。お前が本気を出せば歩武だってきっと……いや、多分、おそらく……………大丈夫だと思うが」

「途中から気弱になってどうすんだよ！　あんたは俺の偉大な先輩なんだから、不安にさせないでよ！」

「不安にさせているつもりはないが、従弟《いとこ》の俺が言うのもアレだが、歩武は恋愛に鈍《にぶ》い」

「………知ってます。知ってますよーだ。でも、今日の晩飯に俺も呼ばれたもんね！　だから脈がないってことはないと思うんだ！　というか思わせてくれよ！」

高田《たかだ》玲音は、喋《しゃべ》らなければ恰好良い王子様なのにね……と、彼をよく知るスタイリストやヘアメーク担当は、口を揃えてそう言う。

仕事をしているときは「彼女のための完璧な俺」なのに、終わった途端に「好感度はめっちゃアップするけど、恰好良いのに残念な玲音君」になる。これはこれで、彼に恋したモデルや女優たちが勝手に幻滅してくれるので事務所的にはいいらしい。彼のマネージャーであるトシコさんも「それでよし」と頷いている。

ちなみにトシコさんは、晴真がモデルをしていたころの、彼のマネージャーでもあった。自分も山ほど育ててもらったので、トシコさんには頭が上がらない。

「……お前は本当に残念だな」

晴真はそう言って小さく笑う。

「あーあー……晴真さんに言われたらおしまいだっての！　自分だって似たようなくせに」

「似てるのはモデルの経歴だけだろう？　俺はお前ほど馬鹿じゃない」

「俺だって馬鹿じゃないですー！」

晴真は、人気メンズファッション雑誌『メイル』が初めて自社モデルを募集した際の初代最優秀賞受賞モデルで、玲音が二代目の最優秀賞を受賞している。

タイプ的には真逆の二人は、なぜか仕事が一緒のことが多かった。きっと真逆だったから良かったのだろう。気づいたら気が置けない間柄になっていた。雑誌の専属契約が切れた後のモデル事務所も同じ。しかも晴真は現在、モデル事務所の経営者でもある。

玲音にとって晴真は偉大な先輩&友人であると同時にボスでもあった。

「あーあー……早く観月さんに会いたい。そして、今度俺がプロデュースする香水をプレゼントしたい。できれば俺の選んだ服を着てもらって、プライベートでデートしたい」

「取りあえず、俺が今日の前にある書類のサインを終えたら帰宅する。そうすれば、四十分ほどで会えるだろう」

「早くサインをしてください」

「もう終わった。あとは秘書室から常務に渡して終わり」

晴真はふうとため息をつき、秘書室直結のインターフォンを押し「あとはよろしく」と言い伝える。これですべてがスムーズに運ぶのだから、観月が指揮している秘書室は凄い。

父である社長でさえ「うちは歩武をヘッドハントされたらおしまいだ」と冗談とも本気とも取れることをよく言っている。

「よし！　じゃあ行こう！　俺も車に乗せてください！　晴真さん！　乗せてくれますよね？　ね？」

自分の外見を最大限に利用しておねだりする玲音が、出会ったころの生意気な少年と重なって噴き出しそうになった。そんなことをしなくても、乗せてやるのに。

「行くぞ」

晴真は肩を竦めて立ち上がる。

「真顔で肩を竦めるのは怖いからやめて」

「うるさい」

「……はいはい」

「はいは一度だ」

晴真は振り返って玲音に訂正を入れた。

「どうしよう！　目の前で魔法が！　魔法が！　凄いことになってるよ！」

静希は熱でも出しそうな勢いで興奮している。

観月もビデオカメラを構えたまま、さっきから「ほほう」「なるほど」「とんでもない」という声しか出していない。

「付け合わせが多いから複雑に見えてますけど、これ、一品一品は大したことないですよ？　ポテトフライ、ニンジンとインゲンのガーリックバター炒めに、千切りしたレタスとキュウリのサラダ。そこにハンバーグ。その上に目玉焼きを載せるってだけなので」

勇生はそう言いながら、静希のために楊枝《ようじ》とメモ帳で小さな国旗を作る。日本の国旗はシンプルで描きやすかった。

「その手間が大事なんだよ。……というか俺は、付け合わせのニンジンとインゲンの炒め物でビールが飲みたい」

笑いながらビールを連呼する観月に、勇生は「酒のつまみも作りますか！」と笑い返す。

「ほんとに？　いやでも、すぐには無理だろう」

「簡単です。好き嫌いはないですよね？」

「それに関しては俺も晴真も問題ない。もう一人のヤツも出せば何でも食べる」

「じゃあ、ベーコンとズッキーニのカレー炒めと、缶詰のコーンでかき揚げを作りましょう」

「なにその凄く美味しそうな食べ物！　それだけで飯が食える！」

観月の声は興奮して震えている。静希も「とうもろこしは僕も好き！」と手を叩いた。

「ハンバーグは晴真さんとお客様が来てから焼くので、先におつまみをちゃっちゃと作っちゃいますね」

勇生は付け合わせの料理が冷めないように容器に詰め替え、手際よくズッキーニを切る。ベーコンも同じ大きさに切り、オリーブ油を垂らしたフライパンで炒めていく。カレー粉が入ると、胃袋を刺激するいい匂いが部屋中に広がった。

「観月さん、お先にどうぞ」

「そうか。では、お言葉に甘えて先に……」

「ただいま帰宅した。ちょっと待て、歩武。この家で作られた勇生の最初の料理を食べるのは俺の役目」

額にうっすら汗を掻いているのに、晴真の表情筋はピクリともしていない。

「お帰りなさい。先に飯だろ？　着替えて来いよ」

「違う。やり直し」

真顔でNGを出す晴真に、勇生は首を傾げた。

「だから……『ご飯にする？　お風呂にする？　それとも……』」

「はい飯！　分かった！　着替えて手を洗ってからダイニングに来い！」

真顔でお約束を聞くなよ！　それにこんなに人がいる場所で！　さっさと答えてやる！

勇生は腰に手を当てて冷ややかな表情で言い切る。

最初は無言の抵抗をしようとした晴真だったが、勇生の吊り上がった眉がピクリともしないのを見て、引き下がった。

「本当に……あのバカがすまない。あれが巨大グループの一角を担う男だと信じられないのも仕方がない」

申し訳なさそうに頭を下げる観月を見て、玲音は目をキラキラとさせながら話しかけた。

「観月さん！　俺を呼んでくれてありがとう！　そして吉松勇生さんはじめまして。モデルと俳優をやっています高田玲音と申します。二十四歳です。ところで観月さんは俺のものだから絶対に取らないでくださいね？」

これまたテレビと雑誌でしか見たことのない、王子様系スイートなイケメンに宣戦布告されてしまった。

「それはまず有り得ないので安心してください。観月さんはいい人なので友愛はありましょうが、恋愛は絶対にない」

「本当に？」

「俺のこの、築地《つきじ》で購入した愛用の包丁に誓って」

店員から包丁の研《と》ぎ方を習い、今まで大事に大事に使ってきた包丁を、玲音の前に差し出す。

玲音は包丁をじっと見つめて十数秒後、ゆっくりと頷いた。

「俺も料理は好きな方なんで、あなたがこの包丁を大事にしてるっての分かります。なので信じます」

「それはよかった。すぐにビールのつまみができるから、のんびり待っててくれ」

「あの！　俺も手伝います。俺の手は呪われてないんで」

笑顔で言う玲音に、静希が「僕だって手伝ったもんね！」と威張ってみせる。

「おー……静希か。久し振り。少し背が伸びた？　このまま成長すれば、将来は完璧な美青年だな」

玲音は静希の前にしゃがみ込み、静希も「久し振りだね」と玲音の頭をヨシヨシと撫でた。

ほのぼのする光景だが、自分はさっさと調理に戻ろう。

勇生はコーンの缶詰を勢いよく開けて、中身をザルに入れる。あとはもう、卵と小麦粉と水をさっと混ぜた衣を使い、レードルで形を整えながら少ない油でサクサクと揚げていく。

手伝いますと言った玲音は、シンクで手を洗うと、ズッキーニとベーコンのカレー炒めを鮮やかな手つきで大皿に美しく盛り付けた。

「玲音さん、かき揚げを任せちゃっても平気ですか？」

「勇生さん、俺のことはさん付けじゃなく、呼び捨てか君付けでいいですよ。あと敬語もいらない。……はい、今見たとおりにやっていけばいいんですよね？」

「うん。じゃあ頼んだ。俺はハンバーグを焼く」

広いキッチンってなんて素敵なんだろう。図体の大きな男が二人入っても余裕で動ける。自分のアパートだとこうはいかない。

勇生は大きなフライパンを温め、ハンバーグを入れて両面に焦げ目がつくまで焼く。それを人数分焼き上げると、今度は予熱しておいたオーブンの鉄板に綺麗に並べ、タイマーを十分にセットしてドアを閉める。

　残ったフライパンにソースとケチャップを入れて、肉汁を残らず絡めて酸味が飛ぶまで炒めれば、ハンバーグソースの完成だ。なんだかんだで、このソースが一番旨い。

「よし。付け合わせを盛り付けるか。玲音君も、そのかき揚げを持ってビールを飲んでくれ。揚げたてが一番旨い」

「これだと、塩が旨そうな予感」

「あたり」

　勇生は笑顔で言うと、調味料棚に入っていた塩を小皿に盛り、そこに少量のすりごまを入れて混ぜた。玲音が「なるほど！」と目を輝かせる。

「そういえば俺はお客様でした。では、観月さんと一緒にお先に失礼します」

「俺の分は？」

　ようやく着替え終わった晴真は、ちゃっかり観月の隣に腰を下ろした玲音と勇生を交互に見つめて「俺のビール」と言った。

「その前に、静希にちゃんとただいまをしろよ。父親代わりならそれぐらいちゃんとしろ」

「そうだった。静希、ただいま。今夜はご馳走《ちそう》だな」

　とうもろこしのかき揚げを食べようとしていた静希は、慌てて晴真の足元に駆けつけて「お帰り晴真」と笑顔で出迎える。

「あのね！　今日から勇生がご飯を作ってくれてるんだよ！　僕、凄い楽しみ！　美味しいご飯だよ！」

「そうだな。俺も嬉しい。愛妻料理を食べられる幸せは、何ものにも代え難《がた》い」

言い方がいちいち大げさなんだよ。ほんと。真顔じゃなく笑顔で言えよ。笑顔ならいくらでも見てやるから。

勇生はそんなことを思いながらも、「愛妻じゃない」と突っ込むことも忘れない。

「ではまあ、婚約中の同棲《どうせい》ということだな」

「前向きに変だぞあんた」

「俺にこんなことを言わせる勇生が悪い」

「それ、真顔で言われてもドン引きだから。ストーカーのセリフだぞそれ」

「愛故の行為だから仕方がないし、俺はストーカーではない」

せめてもっとこう、表情を出してくれればこちらも言い方を変えられるのだが、晴真の表情筋はこれっぽっちも仕事をしてくれない。

すると観月が「こいつは昔からこうだった」と言い、玲音は「クールなところがモデルとして絶大な人気があった」と頷く。

あれ？　今なんか変な言葉を聞いた気がする。え？　何？　モデル、だと？

勇生はマジマジと晴真を見つめて、「モデル？」と首を傾げて尋ねた。

「メンズファッション雑誌『メイル』の、初代専属モデルだった。学生のころに、こいつに勝手に応募させられてな」

晴真が観月を忌々《いまいま》しそうに指さす。

「お前が優勝したから、推薦者の俺も見事金一封を手に入れた。その節はありがとう。焼き肉旨かった」

「俺は食べてないんだが」

「賞金と海外旅行券をもらってたじゃないか」

「でも、俺も肉が食べたかった」

これもいわゆる食べものの恨みというものか。晴真は「肉」と言いながら観月を睨む。

「ったく。何年前の話だよ。いつまでも覚えてやがって」

「はいはい、肉ならもうハンバーグが焼けるぞ。ビールを飲みながら待っててくれ。静希は麦茶な？」

勇生は腰に手を当てて呆《あき》れ声を出し、まずは静希に麦茶の入ったコップを渡し、晴真の手にはグラスを握らせて缶ビールを注いでやった。

「勇生が……俺のためにビールを……勿体なくて飲めない……」

「飲めよ。温《ぬる》くなったら不味いだろ」

「わ、分かった……」

立ったまま、神妙な顔でビールを飲む晴真に「座って飲めよ」と笑ったら、これまた真面目な顔で「忘れていた」と返される。

「何やってんだよお前」

観月にバカにされても、晴真は気にせず真顔でビールを飲み、かき揚げを一つほおばった。


成人男性三名と小学生男子一名の計四名が、携帯電話を片手に写真を撮り始めた。

勇生が「冷めるぞ」と言っても聞かない。

とにかく四人は満足するまでジューシーな夕飯写真を撮り、そしてようやく着席した。

六人掛けの大きなテーブルの上には、食べかけのビールのつまみ二種類と、メインディッシュ、カブとキュウリと大根の浅漬け、そして、俵型の小さなおむすびが載った皿がずらりと並んでいる。

「僕これ、明日学校で自慢しよう……凄すぎるよ。夢のご飯だよ……」

静希のプレートだけは、俵型のご飯も一緒に盛ってある。チキンライスではないが、ふりかけで彩りをよくした。

「今気づいたんだが、ケチャップであえたスパゲッティも必要だった」

勇生の言葉に、大人三名が「あー……」と頷く。

だが次の瞬間、晴真は「スパゲッティは次回」とリクエストした。

「了解。とにかくみんな、さっさと食ってくれ。ほんとに冷める」

「うんわかった！　戴きます！」

静希が右手でお子様フォークを掴み、行儀良く食べ始める。大人たちも、ビールを飲むのをやめて箸を持った。

一応、ナイフとフォークも置いていたが、みな箸を使ってハンバーグを食べ始める。

さあどんな感想を言ってもらえるかな。俺の味はみんなの口に合うだろうか。

料理の腕には自信があるし基礎もしっかり勉強した。だがそこから先は自己流だ。

勇生はビールを一口飲んで、身構える。

まず観月が言った。「なんだこれヤバイ」と。

続けて玲音が言った。「旨くて泣きそう。このハンバーグソースが懐かしい味」と。

静希は食べるのに夢中で感想どころではない。

そして最後に、晴真が口を開いた。

「俺の許嫁《いいなずけ》は最高だ」と言って、右手で目頭を押さえた。

誰が許嫁だ。勝手に俺の肩書きを増やすな……と言いたいところだが、そこまで喜んでもらえると凄く嬉しい。だからな？　もっと素直に思ったままの感想を言ってくれ、晴真さん。

勇生は心の中で突っ込みを入れ、「みんなの口に合って幸いだ」と微笑んだ。

自信はあったけど、こうして他人の感想をもらえるのは凄く嬉しい。

「ねえねえ！　これ！　美味しくて死んじゃいそう！」

人生十年も生きていないのに、静希の感想はずいぶんと生き急いでいて、みなは思わず笑い出した。


デザートの桃缶ゼリーを「簡単だけど旨いんだ」と出したところで、「デザートまであるのか」と晴真は再び目頭を押さえた。

「ここまで料理ができるのに、吉松さんはライターなんですか。なんか勿体ないなあ」

観月は「週末限定で店を出すとか」と提案してくるが、勇生は「一番好きなのは食べ歩きなんです」と言う。

調理は趣味で楽しみたいというスタンスで、今までやってきた。そもそも、晴真のように「俺たちの食事を作れ」「住み込み」などと無茶を言う相手は、今まで一人もいなかったのだ。

「歩武は何を言っているんだ？　勇生が店を出したら、不特定多数の人間に勇生の味を知られ

てしまう。そんなことは絶対に許さない」

せめて照れ顔を見せるとかできないのかね、このウルトラクールな表情筋。

表情に乏しい顔でおかしなことを言われても、怒る気力もない。でもまあ嬉しいからいいや。

「何をバカなことを……」

「バカなことじゃないよ、観月さん。俺には晴真さんの気持ちがよーく分かります。男の可愛い独占欲ですよね。うんうん。俺だって、観月さんの作った料理を不特定多数の人に食べられるのはいやですから！」

玲音は言ってから気づいた。観月も「呪いの手」を持つ一族の男であると。

「ああうん……さすがの俺も、バイオテロの真似はできないわー。不特定多数の人間に食べて欲しくないわー」

「でも俺は！　命を賭けても食べますよ！　俺だけのために作ってくれたものなら、喜んで！」

……一生懸命なアピールだな。テレビで見たことのある、生存を賭けた野鳥の求婚シーンになんか似てる。

なにはともあれ、勇生は無言で二人を見守る。

「お前が死んだらトシコさんに死ぬほど怒鳴られそうだから、俺は手作りしたものをお前に食わせるつもりは一生ないぞ」

「そんな……」

しょんぼりする玲音をじっと見つめて、静希が口を開く。

「歩武は玲音が好きだからだよね？　大好きな人がお腹を壊したら可哀相だもんね」

無邪気な子供のセリフは、時として鋭い。

なのに。

「まあ、嫌いだったら一緒にメシを食おうとは言わないもんな。そういうことだよな」

観月にはこれっぽっちも伝わっていなかった。

これには勇生も目を丸くして驚いたが、晴真は「さもありなん」という表情で頷く。

渦中の人・玲音は、涙目でデザートを完食した。


観月と玲音は、美味しい料理を腹いっぱい食べて、笑顔で帰っていった。

「さてと。静希は風呂に入って歯を磨いてお休みなさいだ」

来客を玄関まで見送ってから、勇生は自分にしがみついていた静希に言う。

「えー……もうちょっとだけー……」

まだ起きていたかった静希は、晴真にも「勇生の言うことを聞きなさい」と言われて渋々自分の部屋に行った。

「晴真さん、静希と一緒に風呂に入ってくれ。俺は皿を洗ってしまうから」

観月と玲音が後片づけを手伝ってくれたお陰で、キッチンはあらかた片づいている。

「その前に」

背後から晴真に抱き締められて、勇生は体を強ばらせた。

「は？　……あ、おい、ちょっと！」

「こうして勇生に触れたかった。勇生の匂いを嗅ぎたかった。俺は今、バッテリーの切れかかった携帯電話。勇生を充電中……」

なんなんだよこのシチュエーションは。恋人同士だろ、これ。そうだろ。こんな、こんな風に後ろから抱き締めるって！　俺が密《ひそ》かに憧れてた行為だぞ。ただし、俺が抱き締める方でだけど！　抱き締められる側だとはこれっぽっちも思ってなかったけど……。これ以上何もされないなら、まあ、大丈夫かな？　もう動くなよ？　なんか、変な気分になってきそうで怖い。

勇生は心の中で「平常心平常心」と呪文を唱えながら、洗い物を済ませる。

「旨い料理をありがとう。出来たてを食べられてとても嬉しい。静希があんなにたくさん食べたのも初めてだ」

「そっか、よかった」

「賑《にぎ》やかな場所で食べることはあっても、自分たちのテーブルが賑やかだったことは殆どないからな。盆暮れに実家の連中と食卓を囲むとさすがに騒がしいがな。俺は、日常のこういう……いろんな意味で明るい食卓は素晴らしいと思う」

　抱き締めながらそんなこと言うなよ。泣きそうになるだろ。くっそ、毎日旨い料理を作って、部屋を綺麗にして、帰宅したら玄関で「お帰りなさい」って言ってやるよ。そんで、飯を食いながら「今日はどうだった？」って、あんたと静希に聞いてやるからな！　それぐらい簡単だっての。バカ。

　こんなことを思ってしまう自分が、らしくなくて、照れくささを隠すように濡れた食器を拭《ふ》き始める。

「俺と静希が上手くできなかったのに、お前はいとも簡単にやってしまうなんて本当に凄い。あと、今日のハンバーグはまた作ってくれるか？　弁当のおかずにして、社員たちに自慢しながら食べたい。これは、俺が愛している人が作ってくれたものだとな」

「安心してくれ。いくらでも作ってやる」

　……こんな可愛いことを言う人だっけ？　さっきから俺の心臓にいろんな言葉が突き刺さってくるんだけど。俺の気持ち的にかなりヤバいんだけど。抱き締められてる体温が気持ち良くて、なんか、鼻の奥がつんとして泣きたくなるんだけど。なあ……俺、もしかして……。

　胸の奥に温かな何かが灯《とも》って、じわじわと熱を広げていく。

　男同士というマイノリティーだとしても、こんな風に穏やかな時間が過ごせるならやっていけるんじゃないか……なんて予感までする。

なのに。

「この前の続きがしたい」

いきなり強く抱き締められたと思ったら、耳元で即物的に囁かれた。

「はい？」

「これから一つ屋根の下で暮らす。つまり、何が起きてもラッキースケベとラブハプニング。そして二人の絆《きずな》はより深まっていく」

「待て待て待て待て」

俺の穏やかで温かくなった気持ちを返せよ！　バカっ！　俺を好きならもっとムードを大事にしやがれっ！

気がつくと、晴真の両手がごそごそと動いてTシャツの中に潜り込んで動き出す。

「このTシャツを着ていなければ、裸エプロンができたのに」

どこ触ってんだ！　指っ！　人の腹を撫で回すなよっ！　あんた、顔は見えないけど、きっと真顔で言ってるだろ。それ怖いから！

勇生は冷静に「裸エプロンに興味はない」と言い返した。

「そうか、残念だ……」

「分かったら離せよ」

「嫌だ。何日触れていないと思っているんだ？　俺はまだまだお前に触り足りない」

「恋人でもなんでもない、ぞ……っ」

だから、またいきなり始めようとすんなよっ。え？　ちょっと、待て。両手を動かすな、頼むから動かすな……っ。それ以上指を動かされたら、俺また……っ。

優しく胸を撫でられただけで、体がびくんと震えた。

どうしよう、凄く気持ちいい。この間よりもっと気持ちがいい。耐性がつくどころか、ますます気持ち良くなりたいと思うなんて。

するすると、晴真の筋張った長い指が脇腹をなぞっていく。ぞくりと鳥肌が立つ。体がすぐに反応を返して、恥ずかしいことになった。

「やっだ……っ、それ以上何かしたら、俺は……ここから出てくから……っ」

「そうは思わない。勇生なら責任を持って、最初の一ヶ月を勤めてくれると信じている」

「……………え？」

「契約した仕事を、途中で放り出すようなことはしないな？」

「いや、それ、ちょっと待て。契約はしたが、俺はあんたと付き合うなんてひと言も……」

「愛《いと》しい相手がこんな近くにいるのに、何もしないわけがないだろう？」

「いやそれ、あんたの完璧な片思いだし……！」

「だったら……」

耳元に囁かれて、思わず息が上がる。

やめろ、それは反則だ。耳は誰だって弱いんだ。急所なんだ。息を吹きかけるな。

「どうして俺にキスをねだった？　俺たちは体の相性はいいはずだ。それにしても、初めてなのにあんなに気持ち良さそうな声を上げるなんて、勇生は快感に弱いんだな」

「う……」

それ以上言うなよっ。俺だって、初めてであんなに感じるとは思わなかったんだから！　気持ち良くて死ぬかと思った。そんで、今も気持ちいいよこのやろう！　俺の体をおかしくしやがって……っ。

口を開いたら変な声が出そうで、心の中でしか反論できない。

晴真の指はまだ動いていて、今度は勇生の乳首を悪戯《いたずら》し始めた。

「ん、ぁ、は……っ、それ、やめろ……っ」

「無理だ。可愛い声をもっと聞かせろ」

「はっ、ぁ、あっあっあ……っ」

ああくそ、すげえ気持ちいいっ！　乳首を弄られてるのに感じる。引っ張られるたびにちんこが気持ち良くて震えるのが分かる。恥ずかしいのに、もっと苛《いじ》めてほしい。恥ずかしいことでいっぱいして、もっと気持ち良くなりたい……っ！

背後から、胸全体をマッサージするようにゆっくりと揉《も》まれ、すっかり硬く勃起した乳首を乱暴に弾《はじ》かれ、引っ張られる。それを何度も繰り返されるうちに、快感で膝が震えて立っているのが辛くなった。

「もっ、そこ、だめ……っ、乳首、よすぎて……もう……だめ」

頼むから、一回射精させてほしい。このままだと苦しくて、変なことを口走ってしまいそうになる。

「まだ二回目なのに、もう乳首で感じるのか。敏感でいやらしい体だな。可愛い」

両手がするりと股間に下りて、盛り上がっているそこを撫で回す。

ボタンを外されてファスナーを下ろされたと思ったら、下着ごと太腿まで下ろされた。

「簡易的だが、ちょっとした裸エプロン状態だ。なかなかそそられる」

「これ、大事なエプロン、なんだから、エロいことに使うのは……っ」

なのに、だ。

晴真の手で、エプロンごと陰茎を扱かれると気持ち良くて脚が開いていく。

太腿までしか下ろしていないパンツと下着がもどかしくて、気づいたら自分で膝下まで下ろしていた。

「勇生は、恥ずかしいことをすぐに覚える」

「はっ、ふ、んんっ、あああっ、も、出る……っ」

あと何度か扱かれたら射精できると思ったときに、晴真の動きがピタリと止まった。

「なんで……っ」

「大事なエプロンを汚してもいいのか？」

笑いを含んだ、ちょっと意地悪い声。こんちくしょうめ。

どっちにしろ洗わないとだめなのだ。だったら。

勇生は、「ああほんと、俺って快感に弱い。信じられないほど弱い」と自分に呆れながら、自分の陰茎を愛撫していた晴真の右手に、自分の右手を添える。

「汚れてもいいから、早く、いっぱい、弄って……。気持ちいいこと、してくれ」

「自分で言って興奮するのか。こうして優しく握っていると、勇生のペニスがひくひく震えるのが分かる」

「あ、違う……俺……っ、気持ち、いいっ」

なんであんたの指はこんなに気持ちいいんだよ。不愉快じゃないんだよ。俺のこと全部知ってるような動きをしてさ。こんな、こんな恥ずかしいことしてんのに、俺は萎《な》えるどころか何度でも射精したい気分だよ。あっ、もう、そこ、玉まで揉まないで。気持ち良くて死ぬ……っ。

勇生は気持ち良すぎて目に涙が滲んだ。

「キスしたい。こっち向いて」

キスなんかしたら、もっとだめだろ。気持ちいいんだから、あんたのキス。堪えるの大変なんだから。キスだけで射精しちゃうって……。

けれど再び「こっちを向いて」と言われて、その通りに動いていた。

キッチンシンクに凭《もた》れ、真顔の晴真を見上げる。

「今日から一緒に暮らせて嬉しい」

「そうか、よっ」

「俺の気持ちは分かっているはずだ。同棲できて嬉しい」

そんな冷静に言うなよ。ハアハア興奮してる俺がバカみたいじゃないか。俺を触って気持ちいいなら、そういう顔をしろよ。俺だけ気持ちいいなんて、恥ずかしいし、なんか嫌だ……っ。

晴真の顔が近づいてくる。

おもわず目を閉じて失敗した。これじゃ自分がキスを待っているように見える。目を開けようとしたらキスされて、それがまた気持ちいいのが非常に悔しい。

口を開けるようにと舌で催促されてそっと開いたらもうおしまいだった。あっという間に口腔《こう》を愛撫されて快感で脳が溶ける。

「ふ、ぁ、あ、」

エプロン越しに握られた自分の陰茎が、硬さを増すのが分かった。キスで興奮しているのがバレて恥ずかしい。

「あっ、声、出る。やだよ、声……出る」

「静希の部屋はここから離れているから大丈夫だ」

「そうかよ……っ」

くちゅくちゅと唾液を絡ませてキスをしながら、晴真にしがみつく。焦ってみっともない縋《すが》り方だったにも拘《かか》わらず、晴真はしっかりと勇生を受け止めてくれた。

「勇生は可愛い」

「可愛く、ない……っ」

「世話好きで料理が上手くて、処女なのにエロくて可愛い。最高だ」

「せめて、童貞って言え。処女だなんて……俺は女じゃない」

「処女でもあるから」

晴真が小さく笑いながら、左手を勇生の尻の割れ目に滑らせた。

「ひ、ぁっ」

「ここ、誰にも触れさせていないんだろう?」

「普通、誰だって、そうだろが……っ！　あっ、バカっ、撫でるなよ！　指が入ったらどうするんだ！　やめろっ、ちょっと！」

撫でられて気持ちいいなんて言えるかっ、まだ二回目だ。しかも俺は尻なんて使ったことない！　それなのに撫でられて気持ちいいなんて……。もっと触って欲しいなんて……思うなんてだめだ……。

晴真の指はそれ以上はなにもせずに離れていったが、勇生は心臓がバクバクと動いて死ぬほど焦った。

「処女で本当によかった。セックスをする前の準備は俺にさせてくれ」

「……へ？」

「中を綺麗にして、俺のペニスが入るように柔らかくほぐしたい。俺に準備をされているときの勇生の表情を堪能したい」

「きゃ、却下……っ、そんなこと、だめだ。絶対……」

たぶん、きっと凄く気持ちがいい。想像つかないけど、晴真さんの指が俺に触るときは、いつも気持ちがいい。だから、俺は初めてなのにいきなり感じそうで怖い。

淫乱と言われても反論できない。

「愛し合っていればできる」

「だから俺はストレートだから……あっ、やだっ、あああっ」

勇生を黙らせるように、晴真の指が動き出した。

エプロンで包まれた陰茎は、瞬く間に射精してしまう。

それで終わると思ったのに、晴真がいきなり勇生の前に跪《ひざまず》いた。

「エプロン、持ちあげて」

「なに、すんだよ……」

「いいから」

射精後の脱力感で息を荒くしていた勇生は、言われるままエプロンを持ちあげる。

そこに自分が放った精液がついているのを見て、顔が赤くなった。羞恥で我に返る。

「今度は、もう少し堪えろよ？」

「え？」

何が起きるんだと思う前に、晴真に萎えた陰茎を銜《くわ》えられて情けない声が出た。

ねっとりとした温かさに包まれた陰茎は、即座に硬さを増す。

「あ？　あっ、ああっ、なんだよこれっ。あっ、くっそっ、離せよっ、俺のちんこ、も、弄るなっ。溶けるっ、ちんこ溶ける……っ、やだやだ……っ、だめっ」

綺麗な顔をした男が自分の陰茎を口に含んで唇と舌で愛撫している。それだけで泣きそうなくらい気持ちがいい。

「あっ、先っぽ、そこ、ひゃっ、先っぽばっか、そこっ、ああああっ、もっとっ」

射精したばかりの敏感な亀頭を吸われ、鈴口を舌先でくすぐられて腰から力が抜けていく。たまらない。頭の中がいやらしいことでいっぱいになっていく。勇生は、フェラチオがこんなに気持ちのいいものだと初めて知った。

「俺、こんなことされるの初めてなんだからっ、最初からそんなっ、そんな強くされたらっ」

わざと音を立てて吸われ、陰嚢《いんのう》を転がすように撫でられ、もう気持ち良すぎて涙が出てきた。

勇生は右手でエプロンを掴み、大きく脚を開いて、左手を伸ばして晴真の髪を掻き回す。

「俺、また出ちゃうよ。離してくれよ。出ちゃうから……っ」

もう俺、淫乱じゃないか。初めてのフェラでこんな、恥ずかしいほど気持ち良くなって、こんな、バカみたいに足を開いて……。なのに、どうしようもなく興奮してる……っ。

すると晴真は上目遣いで勇生を見つめる。

表情筋が仕事をしない顔だと思っていたのに、今の晴真はとても意地の悪い顔をしていた。

その表情にゾクゾクする。恥ずかしいことをされている自分に興奮して、息が上がる。

「も、苛めないで、くれよっ、出るから、口、離して。頼む……」

彼の口に射精なんてできない。そんなことをしたら羞恥で死ぬ。というか、明日から顔を見られない。頼むから離してくれ。離れろ！

なのに晴真はすっと目を細めて、勇生の陰茎を舌と指で乱暴に責め立て出した。

射精感を必死に堪えていても、晴真の巧みな動きで強制的に射精感が高まる。

「やだっ、やだもうっ、フェラだって初めてなんだから、もっと優しくしてくれたっていいだろっ！　もっ、出ちゃう、ホントに出ちゃうよ。精液出るからっ」

晴真の頭を押し戻そうとしたのに、逆に腰を掴まれて密着度が増した。

「ふ、ぁっ、あああ……っ！」

その衝撃で射精してしまう。いや正確には射精させられた。

勇生は「あーあーあー……っ」と甘ったれた声を上げ、体を震わせながら達する。

こんな、気持ちのいい射精なんて初めてだ。

「フェラ凄い……」

実に初めてらしい感想を口にした勇生の前で、晴真が顔を上げる。

彼は手の甲で口を拭《ぬぐ》いながら「それはよかった」と頷いた。

「う……っ、あ……、もしかして！　もしかして今！　その！　俺が出したアレ、飲んだのか？　違うよな？　ちゃんと吐き出したよな？　当然だもんな？　な？」

「飲んだぞ。余り旨いものじゃないが、勇生のだからな」

「なにやってんだよおおおおっ！」

なああんた、精液飲むほど俺のこと好きなの？　どうしよう！　本当に俺のことが好きなんだ！　悪い、たった今分かった！　好きだよな？　好きでなくちゃできないよな？　不味かっただろうに、幸せそうな顔で微笑むなよ！　俺も、何かしなくちゃ申し訳ないだろうがっ！

勇生は晴真を乱暴に立たせて、今度は自分が彼の前に跪く。そしてパンツのボタンを外してファスナーを下ろし、下着ごと太腿まで下げた。

予想はできた。そこからある程度は分かっていた。だが、いざ実際目《ま》の当たりにして、改めて「デカい」と思う。しかも当然だが、ご立派な状態になっていた。

デカいよバカ。けど、俺はもう決めた！

「勇生……？」

「俺ばかりじゃ申し訳ないからな！　だからもう、何も言わずに黙ってろ！」

な、成り行きとはいえ……このデカいものを口に含むのか俺。でも、銜えたら何かが分かるかもしれないから！　バカだと笑われてもいい。だって俺童貞だし！　何が正しいか分かんねえし！

ごくりと唾を飲み込んで、目の前の陰茎を見つめる。

「無理をするな」

「黙ってろ……っ」

少し前まで、したこともされたこともないから勝手が分からなかった。だがされた今なら分かる。同じ男だ、感じる場所に大差はあるまい。自分が気持ちいいと思う場所を舐《な》めればいい。

勇生は意を決して口を開き、晴真の陰茎を銜えた。

何とも言えない独特の味がして一瞬えずきそうになったが、しばらくそのまま待機していたら、少し慣れてきた。というか、どことなく晴真の匂いを感じて安心できたというか。なんで安心するんだと自分に突っ込みを入れつつも、不快感はない。大丈夫。

ぽふん、と、頭をそっと撫でられた。

それが妙に気恥ずかしい。

ヨシヨシと自分の頭を撫でていた手が、するりと移動して、耳に辿《たど》り着く。

「ん、う……っ」

めいっぱい頬張って舌で愛撫を施していたら、両耳をそっと掴まれ、耳朶《みみたぶ》を弄られた。

「ふぁ、ん、んんっ、んぅ……っ」

耳は人の弱点の一つなのに、こんな風に触られると感じてしまう。そっと揉んで、耳の後ろを爪でくすぐられていくと、背中がゾクゾクした。

「んーー……っ」

耳を愛撫されて感じているのが分かったのか、晴真が腰を使い始めた。それでも喉の奥まで陰茎を突っ込むことはなく、ずいぶんと大人しい動きだ。

勇生はちらりと晴真を見上げた。すると彼はなんとも嬉しそうな顔をして目尻を朱色に染めている。

何その顔。あんた、俺にフェラされてそんなに嬉しい？　そっか、ならいいや。なんか嬉しい。気持ち良くなかったら困るし、その、俺も気持ちいい。あんたの銜えてて、凄く気持ちいいよ。

悪態が頭の中から消えていく。この男を、自分が気持ち良くしてもらったと同じぐらい、気持ち良くしてやりたいと思った。

「ん、ふっ」

先端を強く吸い、舌を伸ばして裏筋を丁寧に舐めてやると、低い声で呻くのが聞こえた。AVでの知識しかないが、男のこういうときの声など萎えるだけだと思っていた。なのに今はどうだ。勇生は晴真の声で興奮した。彼の陰茎を銜えながら、自分が三度勃起しているのが分かる。口の中と陰茎が熱くて苦しくて、でも気持ちがいい。

少し顎が疲れてきたが、気にせず奉仕する。もっと気持ち良くしてやりたい。

「勇生……っ」

晴真の上擦《うわず》った声で感じる。彼の陰茎を銜えてこんなに感じてもいいのかと、誰かに問いたい気分だ。それに、自分の愛撫で反応している彼の陰茎を可愛く思う。

そうだな。決死の覚悟で銜えたけど、なんとなく分かった。俺の行動は勢いなんかじゃない。

「んっ、ぅ」

さっきまで優しかった腰の動きが、打って変わって激しくなる。勇生は喉を突かれそうになる苦しさを紛《まぎ》らわすために、左手で自分の陰茎を扱いた。息が詰まる苦しさと同じくらいの快感が背筋を走る。

突然、口の中にとんでもない違和感が広がった。眉間に皺が寄る。だが我慢してさっさと飲み込んだ。

これはもしかしたら吐き出すより飲み込んだ方が、いつまでも口に味が残らなくていいかもしれない。勇生は、いつ射精したのか分からない自分の陰茎を見下ろしてそう思った。

「最高だった。拙《つたな》い技巧なのに一生懸命なのが最高によかった。俺のペニスを銜えながら自分で扱く姿はとてもいやらしくて可愛かった。何も知らない勇生がいろいろなことを覚えていく。教えているのはこの俺。自分好みに育てたい。淫乱処女も捨てがたいが、勇生は恥ずかしいことが好きだから、俺の前でだけドMでいてくれ」

真顔で感想を呟くな恥ずかしい。俺がまた興奮したらどうすんだよバカ。

勇生は手の甲で口を拭い「ドMって……」と文句を言う。

「体の相性がいいということは、お前の性癖もすぐに理解できるというわけだ」

黙ってくれよ。俺でさえ知らなかった性癖を曝露《ばくろ》されるなんて嫌だ。恥ずかしい。

「分かったから、さっさとファスナーを上げて、そのご立派な物体をしまえ」

「出したのは勇生なのに」

「俺は！　自分だけされるのは申し訳ないと思ったから、だから……！」

「だからといって、ストレートだと言っている男が同性にフェラをするだろうか」

「そ、そんなこと……、その場の勢いというか、その……なんというか……」

あんたのだからできたんだよ！　けどそれを言ったら俺はもう……後戻りできなくなるだろ？　その覚悟は、俺にはまだない。あんたの言う「愛」は分かった。でも、俺はまだ、ほんと……何もかもが初めてだから、時間が欲しいよ。時間がないと、消化できない。

なぜかじわりと涙が浮かんできて、慌ててそっぽを向いて顔を擦《こす》ったが、それが晴真の癇《かん》に障ったようだ。

彼はピクリと眉を上げて、床にへたり込んでいる勇生を引っ張って立たせる。

「勢いで、他の男にもこういうことをすると？」

「は？」

「浮気をする可能性もあると、そういうことなのか……？」

「するかよ！　あんたバカかっ！　っつーか、男相手にあれこれされたりしたりしたのはあんたが初めてで、俺はできればあんたを最後にしたいんだよ！　あんな恥ずかしいこと、もう、誰にも知られたくない……っ」

その途端、晴真の顔が真っ赤になった。

なんだ可愛いな。俺、変なこと言ったか？　…………あれ？

勇生はここでようやく自分のミスに気づいた。

本職はライターなのに何でこんなミスをするかなと言うぐらい、バカバカしいミスだ。

今の言葉では、晴真が誤解をして当然だ。

「あ、あの……」

俺、めちゃくちゃ失敗したよな？　でもほら、決定的なことは言ってねえ……！

勇生は下着とパンツを引き上げながら、晴真に声を掛ける。汚れてしまうが、この際あとで洗えばいい。

「俺は今まで、こんな感動的な告白のセリフを聞くことはなかった。とても嬉しい。俺も勇生の最後の男になりたい。二人で静希を立派な大人に育てよう」

まずちんこしまってから言ってくれよ、そのセリフ。

「いやだから、そんな断言されても困る。俺には時間が必要だ」

「正直、俺一人で静希を育てていけるか不安があった。あの子は子供のくせに、時々妙に聞き分けが良くて、大人の顔色を窺《うかが》っていた。だから、あの子が子供らしい我が儘を言える環境にしたかったんだが……なかなか上手くいってなかった。亡くなった姉に、静希を立派に育て上げると誓ったんだがな」

それをここで言うかよ。しかもちんこをしまいながらよ……。ズルイよな、あんた。

勇生は「そうか」と短く返事をして、汚れた床をキッチンペーパーで拭う。

それでも、気づいたばかりの自分の気持ちをちゃんと説明できる自信はなかったので、時間経過にすべてを任せようと決めた。

「おやつにケーキが食べたい」

静希にリクエストされたので、ロールケーキを作ることにした。

晴真が「俺も食べたい」と言ったので、「取っておく」と言ったが不服そうな顔をした。

だがそれも、今現在解決したようだ。

「なんで俺が、あいつの使いっ走りをしなくちゃならないんだろう」

そう言うわりには、観月はちゃっかり勇生の作ったロールケーキを食べている。

「俺が一足先に食べている動画を、晴真に送信してやろう」

「ははは。結構意地が悪いですね、観月さん」

「わざわざ俺を寄越すあいつが悪い」

「お疲れ様です」

勇生は観月に淹れたての紅茶を差し出した。

そう言えば、晴真は「呪いの手」を持っているわりには紅茶を淹れるのは最高に上手かったことを思い出す。

「どうしてあの人は、紅茶を淹れるのが上手いんでしょう」

「あー……去年亡くなった祖母さんがその道の達人でな、孫たちを全員集めて紅茶教室を開いたんだ。スパルタだった。とてつもないスパルタだった。特に男子が『呪いの手』を持っているだけに、せめて普通のお茶を淹れられるようにと祖母さんは頑張った。その結果が晴真だ。俺も、紅茶ならどうにか飲めるものを淹れられる。だがな、なんというか……あの手の食べの教室系がトラウマレベルで苦手になってな。今でも拒否反応が出る」

子供の心にトラウマを残す紅茶教室とは一体なんなのか想像もつかない。

「でもまあ、自分が料理を作れなくてもどうにかなるしな」

「あー……玲音君は料理が上手そうですね。彼は手際がよかった」

「そうそう。特にあいつの作る煮込み料理は最高なんだ。寒くなったら一度ここで作らせましょう。驚くほど旨いから。まだ二十四歳と若いのに、煮物なんてよく覚えるよ」

「……もしかして、観月さんの好物って煮物ですか？」

勇生が尋ねると、観月は「よく分かったな！」と笑顔を見せる。

「三十歳で煮物が好物とかジジィですかって秘書室の若い子には酷いことを言われるんだが、好きなものは好きなんだから仕方がない。特に里芋の煮っ転がしは最高だ。和風でも洋風でも、旨ければ何でも好き」

「煮物最高ですよね。俺も今度、玲音君にどんなの作ってるか聞いてみようと思います」

「おう。仲良くしてやってくれ。同世代だからいろんな話をしやすいだろ」

「恋愛の悩みとか？」

「あいつに恋愛の悩みなんてあるのか？　好きな人がいるとか？　スキャンダルはだめだろ」

玲音君……俺でも気づいたのに、この人は本当に何も気づいてないよ。道は険しいよ。俺はエールを送ることしかできないけど頑張れ。

勇生は心の中で玲音を励ました。

「そう言えば、会社の近くの複合ビルに新規の料理店が何軒か入ったんで、行ってみないか？吉松さん」

「もしかして、グランドガーデン・エビスの『翠玉《すいぎょく》』と『ラブ＆ベリー』と『どんぶりちゃん』ですか？　テイクアウトだと、『おにぎりすなっく』『くるくるお好み』『オムパフェ』ですよね。俺、『翠玉』の神田店に行ったことがあるんです。あそこの焼きそばメチャウマですよ。他の店はこれからチェックしようと思っていたので、みんなで行きましょう」

取りあえず、新規の店はチェックを怠《おこた》らない。

観月は感心して「凄いな」と笑った。

「食べ歩きも楽しいけど、ここで吉松さんの料理に代金を払いたいよ、俺は」

「観月さん、俺の給料は凄い金額だし、食材の金は晴真さんから生活費として渡されているので問題ありません。あとこれ、晴真さん用のケーキと、秘書室へのお土産《みやげ》です」

秘書室に集《つど》う精鋭たちの口に合うかどうかは若干《じゃっかん》不安だが、室長の観月が旨そうに二切れも平らげたのだから大丈夫だろう。

「うちの子たちにもか。みんな喜ぶぞ。昨日のハンバーグの写真をＳＮＳに上げたら、どこの店で食べたとうるさかったからさ」

観月は席を立ちながら笑い、「とても美味しゅうございました」とぺこりと頭を下げた。

「はい。お粗末様でした」

「では、菓子は遠慮なくいただいていきます」

「気を付けて会社に戻ってくださいい」

玄関まで観月を見送ったあと、勇生は庭に出て空中農園の写真をデジカメに収める。

細かく調節してやると、デジカメでもなかなか美しく写真が撮れるのだ。

通風窓を開けて風を通し、軽く水を与えると、植物はキラキラと輝いて大変フォトジェニックで旨そうに見える。実際旨い。

立ったり座ったり、這《は》いつくばったりしてカメラに収めてから、少し収穫させてもらう。

今の時期はナスやオクラが収穫できる。形は悪いが、素人《しろうと》農園のわりには味は結構旨い。

「ここに花を植えたら綺麗だろうなあ。水を循環させて川と池を作るのも一つの手だ。野菜のついでにハーブもいくつか植えたいな」

高層マンションの小さな農園は、野鳥は飛んでこないのに虫は入ってくる。不思議だ。

勇生は肩に止まったテントウ虫を見つめ、こいつは益虫だったなと払い落とすのをやめた。

自分の部屋に戻り、パソコンにデジカメの内容を取り込んで、テキストを添える。

まだ二日目に入ったばかりだというのに、画像が多い。

どの写真にも晴真は写っているが、表情筋が仕事していないものばかりだ。逆に静希ははち切れんばかりの笑顔。玲音はときおり切ない視線で観月を見ていて、観月はまったく気づいていない。

観ているこっちが切なくなる。

「もどかしいなあの二人。というか、玲音君。だがこればかりは俺が口を出すことじゃない」

恋とはなかなか一筋縄でいかないものだ。

すんなり進行してしまうなんてことが……あったら……とても辛いというか。勇生は自分の現在の状態を思い返して、胃がキリキリと痛んだ。

「俺はストレートなんだけどな」

初めてちんこを触られたのも、キスをされたのもフェラの相手も晴真さんだった。俺は快感にめちゃくちゃ弱いからぜんぶできた……なんて言い訳はしない。自分の意志であの人のちんこを銜えたんだし。銜えて興奮したし。銜えられて凄く気持ち良かったし。キスも溶けちゃうくらい良かったし。あの人に体を触られると、どこもかしこも気持ち良くなって、いやらしいことしか考えられなくなる。それってつまり……。でも、覚悟ってヤツがなあ……。

モニターに映っている晴真の写真を見つめながら、勇生は何度目かのため息をついた。


学校から帰宅した静希は、手作りロールケーキに奇声を上げて喜び、おやつだけでなく晩ごはんのリクエストまでした。

「分かったから、宿題を済ませろ」

「はーい！　ねえねえ、ここで宿題やってもいい？」

ダイニングテーブルは食事をする場所だが、宿題ぐらいならいいだろう。分からないところがあったら勇生も教えてやれる。

「いいぞ」

「ありがとう。僕、オムライスを楽しみにしながら宿題する！」

静希は「宿題持ってくる！」と言って自分の部屋に駆けて行った。

「ソースはデミグラスソースより、ケチャップだよな。中身はチキンライスで、サラダにオクラを入れて、ナスは明日使おう。夏野菜のラタトゥイユもいいな。あと、メニューに和食も入れよう。魚が食いたい。うん、体にもいいし。夏バテされたくないし」

一人暮らしのときよりも料理を作るのが楽しい。

勇生は、誰かと暮らすことの楽しさを久し振りに思い出した。


それから一週間ほど経って。

この少しばかり奇妙な「同居生活」はなかなか上手くいっていた。

そして慣れてきた勇生も在宅で仕事をこなしている。

今日は「アイランド」の島村から送られてきたメールの指示どおり、晴真のインタビューだ。

風呂から上がったばかりの晴真は、頭からバスタオルを被《かぶ》り、パジャマの下を穿いただけでリビングに現れて首を傾げた。

「俺のインタビュー？　歩武が許可を出さないと俺はインタビューに答えられない」

「観月さんからはオッケー貰っていると、うちのボスが言ってる。申し訳ないがよろしく頼みます」

「……せっかく二人きりの時間なのに」

夜も九時を回ると、静希は寝るために自分の部屋に行く。

リビングには晴真と勇生の二人きりだ。

「すぐ終わるから。そうしたら俺はさっさと自分の部屋に戻って編集するので、晴真さんはゆっくり自分の時間を過ごしてくれ」

「勇生がいるのに、どうして俺が一人で過ごさなくちゃならないんだ？」

「俺は仕事をしますので」

「え。時間外労働……？」

ソファの上に長い足を投げ出していた晴真は、「それはだめだ」と首を左右に振る。

「編集なんてそんなもんです」

「そんなもの……って」

「俺はダブルワークだから」

「……だったらせめて同じベッドで寝たい」

待て。ちょっと待て俺の雇用主。そんなことをしたら絶対に俺の体が保《も》たないし、覚悟のない俺には拷問になる。気持ち良くてもだめなんだ。

勇生は首を左右に振って、「質問をしてもいいか？」と尋ねる。

すると晴真は自分の膝の上をポンポンと叩いた。

「は？　膝の上に乗れと？　重いぞ？」

「それぐらいなら問題ない」

「風呂はまだ入ってないから、衛生的にも如何《いかが》なものかと」

「勇生が膝の上に乗ってくれたら、きっと素晴らしいインタビューができる気がする」

「無理です。俺は、仕事はちゃんとしたい。なので今回のインタビューはなしの方向で。俺は風呂に入ってきます」

晴真が表情筋を動かして「むっ」としたのが分かった。

でも、勇生も引かない。

「……分かった。仕事中にふざけたことはしない」

「はい。ありがとうございます」

「だから、その、突き放したような敬語はやめてくれ」

晴真がまたしても表情筋を動かして、ますます顔をムッとさせる。ちょっと可愛い。ちょっとじゃない、結構可愛い。ほだされてしまう。

「そうだな。そこまでかしこまらなくてもいいか。質問の内容も結構柔らかいし」

にっこり微笑むと、晴真の仏頂面がいつもの澄まし顔に戻った。現金なヤツだ。

録音装置を使ったインタビューは、雑談を交えながらのもので、一時間もかからずにすぐに終わった。

ただ晴真は「俺の好きな食べものを聞いてどうする？」「え？　趣味？」「好きな女性のタイプだと？　好きな人間のタイプと言ってほしいな」などと、途中で何度も突っ込みを入れて、勇生の仕事を邪魔した。

「ああうん、俺もちょっとこれはなんだと思う。でも、世の中の女性たちが知りたいことらしいから、仕方がないと思ってください。自社製品のイメージアップもあるだろうし」

「イメージキャラクターなら玲音がいるし、他にも好感度のいい俳優や女優を揃えている。今更俺が出てどうするって感じだと思わないか？」

「でも、企業のトップが美形だと嬉しいという社員心もあるわけで」

「俺は専務で社長じゃない」

「取締役だろ？　とにかく世の中はそういうもんなんだそうですよ！　インタビューありがとうございました。もしかしたらまた別の質問内容が届くかもしれないけど、そのときはまたよろしくお願いします」

「はい、こちらこそ。……で？　ここからは大人の時間」

「俺は風呂に入って寝ます。明日も朝が早いし、晴真さんと静希に旨い朝食を食べてほしいので、手抜きはできない」

するとと晴真は、伸ばしかけた自分の手をすっと引っ込めて「そうだった。食は大事だ」と言った。勇生も頷く。

「では、リビングを出るときに電気を消してくださいね。お休みなさい」

「ああ、おやすみ」

晴真の顔がまた拗ね顔になっていたが、勇生は笑顔でリビングを出た。

これでいいはずなのに、何やら胸の奥がモヤモヤする。得体の知れない罪悪感が湧き出してきて眉間に皺が寄った。

なんだよ。俺は何一つ悪いことはしてない。仕事を終えただけだ。それの何がいけないんだよ。仕事に私情は挟めないいだろ。

リビングに残された晴真の拗ね顔が脳裏を過《よ》ぎる。

「だって俺は」

俺より年上なら気づけよ。察しろよ。俺のこの、微妙な男心を！　心の天秤《てんびん》がガタガタ揺れまくってる俺の気持ちをよ！

部屋に入って仕事の道具をベッドに放り、着替えを掴んでバスルームに向かう。

このモヤモヤした気持ちも、シャワーで全部洗い流してしまおうと思った。


仕事は正直楽しい。以前にも増してやりがいが出てきた。将来の扶養家族のために、もっと会社を大きくしたいと思っている。

晴真は山積みの書類を片づけるため、素晴らしいスピードでサインをしていた。

「色ぼけしていなくて幸いだ」

「仕事のできない男は嫌われるからな」

会社では「最近の海堂専務、前にも増してクールで恰好良い」「会議に同席できて最高だった」などと、人気急上昇中。自社ＣＭにも参加する話が、すでに末端の社員にまで伝わっていて、社内はちょっとしたお祭り状態になっている。だが社員の頑張りも刺激したようで、いい状態で浮かれている。まさか誰も、愛がきっかけだとは思っていない。

静かな専務室の中、万年筆でサインする音が聞こえる。

「それはいい。……ところでお前、ちゃんと中身を確認しろよ」

観月が、サインの終わった書類を一枚ずつ封筒に入れながら、鋭く指摘する。

「確認してる。……俺は早く現場に行きたい」

晴真は重厚なデスクに左手を載せ、つま先でコツコツ叩いた。

「それは昼からだ。ルル・マリアとソロモンオムのチーフデザイナーたちとたっぷり話をしてもらう」

「俺もあいつには話があるんだ。俺をモデルに復帰させるなら、それなりのものを作ってもらわないと」

晴真は最後に残った分厚い書類に目を通しながら、わざとらしいため息をついた。

「生産工場の半分を日本に戻したのは正解だな。ふむ。この収益なら問題ないだろう。来月、海外工場の視察をスケジュールに入れてくれ」

「いきなりだな」

観月は驚くが、晴真に「無理か？」と問われて首を左右に振った。

「予定は作る。安心しろ」

「それでこそ俺の秘書。ところで……」

そのとき、専務室の内線電話が鳴った。

晴真は面倒臭そうな顔で電話を受ける。

「どうした」

『申し訳ございません海堂専務。海堂会長からお話が……』

背後で秘書室の連中が「会長、自ら！」「社長じゃなく？」と慌てているのが聞こえた。観月にも聞こえたようで、彼の頬がビクリと引きつる。

「分かった。三十分後に会長室に伺うと、そう伝えてくれ」

さっさと電話を切った晴真の横で、観月が「そりゃ驚くだろうが、狼狽《うろた》えすぎだ秘書室」と眉間に皺を寄せた。

「……会長は何なんだ？　滅多に俺たちのことに口を出さないくせに。いつも会長室で将棋を指してるだけじゃないか」

彼は、グループの決定権はそれぞれのポジションにいる息子や娘に任せているという、大変気楽な立場にいる。

プライベートでは、彼らは「会長」の「孫」にあたるから、言いたい放題だ。もちろん、他人が同席している場合は口調は改めている。

「またあれじゃないか？　ひ孫が見たいとか。孫たちの結婚式に参列したいとか」

「ひ孫ならもういるだろうに」

五人いる従姉はみな既婚者で、子供も可愛い盛りだ。海堂一族として年に数回全員集合して、年配者のご機嫌伺いもしている。

「男の孫は、まだ誰も結婚してないからな」

観月がため息をつく。

その筆頭である観月が、眉間に皺を寄せて「ウザイ」と呟いた。

「それだ。……面倒臭い。電話で済ませる。俺はデザイナーやパタンナーたちと話をしたい。というか会議だよな？　会議だ。新作の生地を早く見たい」

「そうだとも。会議だ。会長には電話で我慢してもらおう。仕事が優先だ」

晴真の言葉に、観月が笑顔で対応した。

「よし。サインは……もう、これで終わり、と」

万年筆のペン先を金色に輝かせながら、海堂晴真の文字を書き終える。

「さてと、面倒ごとは先に済ませる」

晴真は充電していた携帯電話を掴むと、メモリーに入っている祖父の電話番号をタップした。

気合いを入れて掃除を終えた勇生の携帯電話に、「吉松さん助けてー」という、玲音のメッセージが入っていた。

「ふむ……」

丁度いい荷物持ちができたと、待ち合わせして近所のスーパーに向かう。

「俺さ、こう見えても売れっ子モデルなんですけど？　あと、俳優もやってるんだよ？　人気あるの。なんで俺が、勇生さんと一緒にスーパー？」

「サングラスかけてるし、帽子も被ってるから大丈夫。そこのイカを取って」

「え？　ああうん。……あ、このカブ、煮たら美味しそうだ。観月さん、煮たカブも好きなんだよなあ。あの人、俺のものにならないなら、一生独身で彼女も彼氏も作らないでほしい」

「恐ろしいことを言うなよ。回りくどいことをしても通じないから、ストレートに攻めてみれば？」

勇生はカートを押して、カゴの中に大葉や長ネギを入れて行く。

「ねえねえ勇生さん、ヨーグルト買おうヨーグルト。あと牛乳。ここのスーパー、旨い牛乳が揃ってんだ」

「知ってる。というか、言ってる傍から勝手に肉を入れて行くな」

「俺、手作りシュウマイとか手作りぎょうざが食べたい。今夜のリクエストはなんなの？　晴真さんの好きな物？　それとも静希の？」

サングラス越しにニヤニヤと笑う玲音を見つめ、「今日は天ぷらだ」と胸を張る。

「だったら海老《えび》は必要だよね？　俺、キスの天ぷらも食べたい。あと、ちくわの磯辺揚げ」

「いいなそれ。ちくわの磯辺揚げは俺も好きだ。いっぱい作ってみんなで食べよう。観月さんも呼ぼうか？　呼んでいいよな？　玲音君」

せっかくここまで会いに来たのに、何を助けてほしいのかひと言も言わない玲音に、勇生が問いかける。

「俺ねえ、今日の昼、あの人が撮影を見に来てくれたとき、あ、もちろん晴真さんもいたんですけどね、ルル・マリアのモデルと一緒に試し撮りだったから。でね、つい、物陰であの人をぎゅっと抱き締めてしまいまして」

「お、おう。やったな。ストレート表現」

「そうしたら、疲れてるのか？　大丈夫かって心配されちゃって……心が折れそう」

「告白は？　好きですじゃ伝わらないと思うぞ」

「言ってるんですよ、愛してるって。俺の気持ちは真剣ですって。でもあの人は友愛とか親愛としか思ってない」

誰一人として「高田玲音」を認識していないのをいいことに、玲音が弱音を吐きながら歩く。

「あー……晴真さんみたいにグイグイ押してくるタイプも辛いが、観月さんのようにすべてをスルーするタイプも大変だな。知ってたけど、ここまで凄いとは思わなかった」

「でしょ？　その代わり、誰もあの人を落とせないからいいんですけど。秘書室じゃ『難攻不落の要塞』って呼ばれてるって」

「凄いな」

「いっそ、キスをしてしまうか、それとも襲ってしまった方がいいかもと思えてきて」

「キスはまだしも、襲うのはどうかと思う。ムードに流されやすい人なら、キスからの流れでどうにかなりそうだけど」

子供連れの主婦もいるスーパーの中で語りたい話ではないが、玲音が余りに可哀相なので助言も出てしまう。

「そうか。その手があったか。試してみる。勇生さんありがとう。さすがは晴真さんのパートナー。これからもよろしくお願いします」

「いやいやいや、俺は晴真さんのパートナーじゃないし」

真顔で首を左右に振ると、玲音はピタリと動きを止めた。

「もしかして、勇生さんも観月さんタイプ？」

「は？　俺はあそこまで鈍くないですー。晴真さんの強引さに押されて、一ヶ月限定の食の管理をしてるだけ。あの人が俺のことを大げさに言うのは、俺非公認だから」

疑惑の眼差しを向ける玲音に、勇生は「あの人が俺に好意を持ってくれているのは分かってるよ」と言った。スーパーで。販売促進の陽気な音楽が流れる中で。

「え？　じゃあ……晴真さんがどんなに迫っても落ちてないと？」

「だって俺はストレート。ただ、同性愛は個人の自由だと思うから偏見の目では見ない。あと、いろいろ考えてはいる。でも俺にはまだいろんな覚悟ができてないしさ。難しいんだよそういうの」

「ああ、そういうことか。晴真さんが嫌いってことじゃないのか。そっか」

玲音は一人で頷き、納得したようだ。

だが何か気になったのか、勇生の顔を覗《のぞ》き込んで尋ねた。

「勇生さんは、さっさと晴真さんと恋に落ちて。大きな穴に飛び込むのは、意外と楽しいんじゃない？　もしよかったら俺が後押ししてもいいよ。欲しいんでしょ？　背中を押してくれる人が」

問われて勇生は答えられなかった。

虚を突かれた。

そして、顔を赤くして「落ちるときは自分で落ちる」と小さな声で言った。

今夜は天ぷらパーティーだということで、またしても晴真と静希のマンションにメンバーが集まった。今夜は玲音のマネージャーであるトシコさんもいる。

「こんばんはー！　初めまして！　あなたが吉松勇生さんですね？　私は玲音のマネージャーで、昔は晴真のマネージャーもやっておりました、本名は池田俊子《いけだとしこ》と申します。でもトシコさんって呼んでね。はいこれ、みなさんで食べてね」

勇生はずっしりと重い袋を受け取って、慌てて中を見たらデパートで売っているフルーツの瓶詰めだった。コンポートだ。これはいい。いろんなデザートを作ることができる。

「ありがとうございます！」

「いいのよ～。私は食べる専門だから、料理のお手伝いはできないわ。ごめんなさい」

そう言ってくれると逆に気を遣わなくて済む。勇生は彼女にビールグラスを渡し、一杯目を注いだ。

「僕も！　僕もやる！」

静希が両手を伸ばすが、晴真が「子供はしなくていい」と首を左右に振る。

「それでは、今から俺が順番に天ぷらを揚げていくので、紅葉《もみじ》おろし、天つゆ、大根おろし、塩など、好きなものをつけて食べてください」

玲音も天ぷらを揚げると言ったが、モデル兼俳優の顔や腕に油が跳ねたら、後々シミになって大変なことになるので、勇生は気持ちだけを受け取った。

「ある程度揚げたら、蕎麦《そば》を茹《ゆ》でますね。あと、小さな天丼を作りたい人は、各自勝手にご飯を盛ってください。それと、箸休めの漬け物はテーブルの真ん中です」

サクサクと手際よく天ぷらを揚げながら勇生が指示する。みな、ビールと漬け物を口に運んで語り合い、子供の静希は頬を膨らませて勇生の腰にしがみつく。

「僕の分かんない話ばっかりしてる」

「ああそうだな。みんな大人だからな」

「僕だってお腹が空いてるのに」

「そうか。じゃあ……内緒だけど、これ、揚げるのを失敗したから先に味見な？」

半分に割れてしまったホタテの貝柱。勇生はそれを「ふーふー」したあとで、静希の口に入れた。

秘密の行為に静希が目を輝かせてホタテの貝柱を囓《かじ》る。

「熱いか？」

「これならへーキ。凄く美味しいね！　僕、天ぷらも好きだよ。次はナスがいいなあ」

「そっか。じゃあ静希は、俺の横で次に揚げるものを指示してくれ。大事な役目だ」

「了解！」

静希は今は笑顔で、「次は海老！」「次は蓮根《れんこん》！」と指示して重大任務をこなしていく。火が入る時間はバラバラだが、勇生の手にかかればどうにでもなる。

「ほら、第一弾！　出来たてを食べてくれ」

ほどよく油を落とした天ぷらたちは、竹製のザルに載せられて食卓に上がった。

「観月さんは蓮根が好きですよね！　はーい」

「おう、悪いな」

玲音は甲斐甲斐《かいがい》しく観月の世話をするが、それを見ていたトシコさんは微妙な表情を浮かべていた。きっと彼女は彼らの深い事情も知っているのだと、勇生は理解する。

「静希も食べておいで」

「僕は勇生と一緒に食べたいな」

「でもほら、晴真さんが呼んでるから」

テーブルでは晴真が静希を手招きしている。静希は「勇生もすぐ食べに来てね？」と念を押して、自分の席についた。

子供がいなくなった途端にペースを早めた。多少油が飛び散ることはあるが、熱い思いをするのは自分だけだからいい。とにかく、旨くて熱々の天ぷらをみんなに提供して、自分も熱いうちに頬張りたい。

「凄い美味しいわ！　お店で食べる天ぷらみたい！　キスがもう、ふわっふわ！」

トシコさんは手放しで天ぷらを賛美し、豪快にビールを飲む。

これは使えるなと、勇生は自分のカメラで食事の写真を撮った。

「勇生君、うちの専属シェフとして欲しいわ〜」

初めての来客に褒めてもらえるのは嬉しいが、晴真が食事自慢を始めたので、恥ずかしくなった。

「とにかく勇生の料理は何を食べても旨い。朝も夜も。部屋の掃除もしてくれるし洗濯物だって完璧だ。俺は本当にいい嫁をもらった。素晴らしいパートナーだ。愛してる」

真顔で言っているのが怖いが、トシコさんはすでに慣れているらしく、頷きながら話を聞いている。もしかしたら半分ぐらい聞き流しているかもしれない。

「うん。旨いな、俺の揚げた天ぷら」

天つゆで海老の天ぷらをほおばって、納得の頷き。

一番人気はなぜかちくわの磯辺揚げで、みんなの取り皿にすでにキープされている。

そろそろ別ものを出してもいいかなと思い、冷蔵庫から出して休めていた生蕎麦を静希に見せた。

「静希は蕎麦食べる？」

「うん、お蕎麦食べる」

「他に蕎麦を食べる人は？」と聞いたら全員手を上げた。

しかも玲音が「蕎麦を茹でるの手伝いますよ」と立ち上がってくれた。

「頼んだ。俺は天ぷらをもう少し揚げておくわ」

「はーい。こっちは任せて」

……と、笑顔で鍋の用意をする玲音の後ろに、観月がいた。

顔が真っ赤なので酔っているのは明らかだが、ビールでここまで酔う観月は初めて見た。

「お前、火傷をしたら大変だろ。蕎麦を茹でるぐらい俺にもできるから、お前は座ってろ」

「座って待ってるのは観月さんの方です。俺は大丈夫だから」

「このバカ！　お前に何かあったらどうするんだよ！」

突然、観月が玲音に抱きついた。

「え？　ええ？　観月さんどうしたの？　酔ったの？」

「酔ってない！　だから、お前が心配なだけだ」

「それって……俺のことが好きってこと？　そう思っていいの？」

一体何が始まったのか分からないが、トシコさんが一人ニコニコしているのがとても怖い。

勇生は耳をそばだてながら天ぷらを揚げる。

「好きでなかったら、こんなに心配するかよ。いつもいつもいつも、犬っころみたいに俺につ
いて回って、自分の仕事はどうした！　売れっ子なんだからもっとこうしっかりしろ！　トシ

コさんに心配かけるな！」

「ねえ、もう一つ聞いてもいい？」

「なんだよ」

「観月さんの言う好きって、俺とセックスしたいとかキスしたいとか、俺に近づく女子に嫉妬するとか、そういう類《たぐい》の好きってこと？　観月さんは俺と裸になって、いやらしいことをしてもいいの？　言っておくけど、俺は突っ込みたい方だから。観月さんの中にちんこ突っ込んで観月さんをいっぱい気持ち良くしたい。そして観月さんを完璧に俺のものにしたい。物扱いじゃなく、この場合の『もの』っていうのは例えみたいなもので、俺のちっぽけな独占欲だと思ってください！」

玲音はパンツのポケットに右手を突っ込んで、ちょっと恰好つけた態度で観月に説明する。

話の途中から、晴真が静希の耳を両手で塞いだ。グッジョブだ。

勇生は、さてどうなるんだこの二人とドキドキして見守る。

「そんなの……」

観月は両手で玲音の頬を包み込むと、笑顔で言った。

「お前とセックスしたいに決まってるだろ。そういう意味の好き、だよ。バカ」

「俺もう今この場で死んでもいい！」

玲音は観月を抱き締めて、感極まって彼の頭や耳にキスをしまくる。

「凄いな」

いつものウルトラ鈍感は、単なるポーズだったのか？　だとしたら役者になれるぞ観月さん。それともアルコールの力で素直になったとか……？

勇生は感心しながらキスとイカとたこの天ぷらを揚げ、皿に盛った。

ああこれで、ひと組のカップルが誕生したと思ったのも束の間、観月が「ヤバイ、眠い」と言って玲音にしがみついたまま寝息を立て始めた。

「ああ、そう言えば歩武は、ビールには強いがウイスキーには弱くてな」

晴真は静希の耳から手を離して、トシコさんの横に置いてあるウイスキーの瓶《びん》を指さした。

「面白そうだったから、ビールに混ぜて飲ませちゃった。よかったじゃないの、玲音。彼の本音を聞くことができて！　これでスッキリ仕事に本腰入れられるわね！」

トシコさんは何でも知っている。

彼女の晴れやかな微笑みに、玲音は「はい！」と元気よく返事をした。

「俺、観月さんを連れて帰りますね？　明日オフだし！　そして観月さんももしかしたら明日は有休を取るかもしれませんが、そのときはよろしく！」

玲音は男らしく観月を抱きかかえて、そのまま玄関に向かう。

「ちょっと待て！　おい！　天ぷらとおにぎりを持たせてやるから腹が減ったら食え！　ちょっとした餞別《せんべつ》だ」

勇生は手早くおにぎりを四個握り、容器に詰めた天ぷらと一緒に紙袋に入れて、玲音を追いかける。

「目が覚めたら忘れてるかもしれないけど、そこんところは大丈夫なのか？」

「俺、自分の携帯で録音してましたから大丈夫。証拠はポケットの中です」

「そっか。……じゃあ、いろいろと頑張れ。お前たちは両思いだ」

勇生は紙袋を玲音に押しつけて、彼の肩を叩く。

「ありがとう。勇生さんも頑張ってね。絶対に頑張ってね！」

「何をだよ」と笑いながら、勇生は玄関のドアを開けてやった。


「ほんと、あの二人は見ていてじれったかったのよ。だから、ここで強行しちゃったわけ。お騒がせしてすみませんでした」

トシコさんは晴真と勇生に心からの謝罪をする。

大人のアレコレを聞かずに済んだ静希は、今はもりもりと天ぷら蕎麦を食べた。

「玲音の気持ちはともかく、歩武の気持ちを知ってたんですか？　トシコさん、どこで気づいたんですか？」

晴真はいつもの如《ごと》く表情筋が仕事をしない顔で彼女に尋ねる。

「見てればなんとなく分かるってヤツ？　女性にしか分からない第六感的な何かよ。結局正解だったでしょ？　よかったわー」

ハッキリ言い切るトシコさんに、晴真がため息をついた。

「そんな憶測で行動を起こして正解を出すのが凄い」

晴真が感心し、勇生は少々呆れて「当たりでよかったですね」と言ってビールを一口飲んだ。

「私は玲音の才能を守りたかった。あの子にもっと高いところを見てほしいと思っている。だから、ここで何もかもスッキリさせてあげたかった。一か八かに賭けたのよ。ね？　オーナー。それでいいのよね？」

オーナーと呼ばれた晴真は「そうだな。それでいい」と頷く。

芸能人と会社員のカップルか。まあでも、きっとトラブルが発生した場合は事務所と会社が二人を守ってくれるんだろうな。そもそも玲音君の相手は観月さんだ。秘書だけに下手を打つことはないだろう。二人の未来に幸あれ、だな。

勇生は、静希の口の周りを拭いてやったり、自分も蕎麦を食べたりしながら、二人の前途を心の中で祝福した。

が。

「で、晴真。あなたはどうなのよ。まるでだめじゃない。静希君のいる前では話せないから、ちょっとこっちに来なさい」

「え？」

「いいから来なさい」

晴真はトシコさんに引っ張られて空中農園という名の庭に出て行った。

「ねえ、勇生」

静希が勇生を見上げる。

「ん？」

「勇生はずっとここにいてくれるよねえ？　もうすぐ遠足があるんだ。あとね、秋には運動会もあるんだって。みんなで応援に来てよ。それとね……晴真と仲良くしてくれると嬉しい。晴真は僕と違っていつも同じような顔をしてるけど、でも、勇生のことすっごく好きなんだよ」

「そうだな。それは分かる」

「ほんとにさあ、僕に心配かけさせないで欲しいんだよね、晴真は」

静希は大人びた口調でそう言うと、最後のちくわの磯辺揚げを名残惜しそうに口に入れる。

「だよなあ。可愛い甥っ子に心配をかけさせちゃだめだよな」

「ホントだよ！　このままじゃ、僕は晴真が心配で彼女も作れないよ」

「そっかー。静希はモテそうだもんな」

「でも僕は年上の人が好き」

「その年でなかなか渋いな。ほら、俺のちくわの磯辺揚げをあげよう」

勇生は自分の皿に載っていた天ぷらを静希の皿に移動させた。

「やった！　ありがとう！」

「余った天ぷらは卵とじにして、明日の朝のおかずにしよう」

「やった！」

窓の外では、まだトシコさんと晴真が話をしている。

何を言っているのか分からないが、晴真の機嫌が悪いのだけは、表情で分かった。ちょっと気になる。いや、勇生はとても気になった。


いつものように、朝、晴真と静希を会社と学校に送り出してから、勇生は本来の仕事に取りかかった。

晴真のインタビュー音声をテキストに書き起こして、推敲《すいこう》した物を「アイランド」に送信して、ひとまず作業はおしまい。

時計の針は午後一時半を指していた。

静希が帰宅する前に一人の昼食をさっと済ましてしまおうと、ぐっと伸びをしながら席を立つ。と、次の瞬間。充電器に挿していた携帯電話が着信音を響かせた。液晶画面を見ると相手は観月だったので急いで取る。

「はい、吉松です」

『観月です。昨夜は大変失礼致しました。前後不覚になったとは言え、人様の家で喋っていいことではありませんでした。こんちくしょう。しかも俺、今朝目が覚めたら覚えてるし。玲音は泣きながら縋り付いてくるし。トシコさんもう一生許さないという感じです』

午前中からこんな具合なんだろうなと、容易に想像できる。言葉使いがまずおかしいいし、声も心なしか震えている。

「俺は気にしませんから。むしろ、これから頑張っていってくださいと応援します」

『……一生言うつもりはなかったんだよ。とぼけ続けたかった。あいつは芸能人だ、足枷《あしかせ》は付けたくなかった』

やっぱりそうか。さすがは秘書室長。うんと深いところまで考えている。

「でも……」

『おう。悩んで玲音にも言いたいこと言って、スッキリして開き直った。ようはバレなきゃいいんだバレなきゃ。そういうことで、どうにかやっていこうと思う。これからもよろしくお願いします吉松さん』

秘書室長、悩むのは無駄だと分かった途端に開き直るのが早い。ちょっと羨ましい。

「こちらこそ。……でも、前向きでよかった」

『グダグダ考えるのは性に合わないしな。こんなものだろう。なので吉松さん、晴真のことお願いします。俺が言えた義理じゃないんだが、あいつを放っておけなくて』

なんというか、みんなで外堀を埋めてくる感じが辛い。そんなつもりはないんだろうが、やっぱり微妙な表情になる。電話でよかった。

「えっとですね。俺もまあ、なんというか、自分で自分を信じられないところがあったりしてですね、もう少し時間がほしいと思います。こんなに誰かに好かれるなんて初めてで、どうしていいか分からない。まだちゃんと気持ちが消化できてない。覚悟なんてしたくない」

本当なら、できれば、この意味不明の曖昧《あいまい》な関係のまま一ヶ月を過ごしたい。その方が穏やかに過ごせる。愛だの恋だの決めようとするから、話がこじれるのだ。

観月が携帯電話越しに小さなため息をつくのが分かった。

『まあな、元々悪いのは晴真だからな。押しかけ亭主というか、男を相手に一目惚れだと口説こうとした。悪い方へ転んだとしても慰めやすい』

「気を遣ってもらってすみません」

『まあなんだ、もしよかったら、二ヶ月目も更新してくれると嬉しい』

そう言って観月は電話を切った。

「うん、更新はするかな。給料はいいし、メインの仕事もできるし。趣味の料理も予算を気にせず好きに作れる……」

言い訳を正当化しているようで、自分に苛《いら》つく。

こんなに好かれてるのにな。どうしていいか分からないって辛いな。

またしても罪悪感の重しが胸の奥に沈み込んでいく。

「何をどうしたいんだよ俺は」

そのとき、晴真からメールが入った。「夕飯には和食が食べたい」と書いてある。

返信で「具体的に頼みます」と送ったら、「煮物」と返事がきた。

「だよな。昼は洋食が多そうだもんな。バランスの取れた食事にしてやらないと。あの人具合が悪くなっても顔に出なさそうだし。和食了解。もっと野菜を食べてもらって、あとは鳥肉を入れて……」

献立を考えている途中で、だんだん顔が赤くなってきた。

何か俺、めちゃくちゃ晴真さんの体のこと考えてないか？　ほんと、妻かよ！

そういう契約だから当然なのに、勇生は赤くなった顔を両手でパンパン叩いた。


いくら旨い料理でも、お洒落すぎるビジネスランチはもう飽きた。さっき通り沿いにちらっと見えた「ランチやってます」の看板を掲げた居酒屋に飛び込みたい。もしくは、ラーメン屋の冷し中華を食べたい。いっそお茶漬けでもいい。「ここは野菜メインの健康的なランチが美味しいんですよ」と言われても、ちょっとの野菜とちょっとのパン、二口で終わってしまうようなキッシュや小鉢のデザートでは、腹も心も満たされない。それなりに旨かったが、もっとこう食べた実感を味わいたい。

晴真は食後の紅茶を飲みながら、心の中で「明日から勇生に弁当を作ってもらおう」と心に決めた。

そもそも今回のランチは、「異業種懇談会」というサークルのような集まりで、とにかくみんなでいろんな方と出会ってお友だちになりましょうというものだ。年齢はバラエティに富んでいるが、晴真のように若い男性は、年配の参加者から「よい相手が」といらぬお節介をかけられることも少なくない。

今回もそうだった。

紡績会社の令嬢を紹介されそうになったが、笑顔で「また今度の機会に」と言って話を終わらせた。

滅多に笑顔など見せない晴真は、この顔が効果絶大なのはよく分かっている。

どうせなら、勇生に笑顔を見せたかった。きっと目をまん丸にして驚くだろう。可愛いに違いない。

「はあ」

「なんだそのため息。次は社に戻って、またデザイナーたちから話を聞くことになっている。腑《ふ》抜《ぬ》けている場合か」

「できれば、このビジネスランチは減らす方向で行きたい。別になくてもいいだろ。必要か？」

晴真は、スケジュール帳をチェックしている観月に、うんざりした様子で言った。

「そうだな。別に必要はない。惰性のイベントで大した情報もないし。それよりも、もっと社内の連中と話をする必要があるぞ」

「だったら弁当持ち寄りのビジネスランチがいい。勇生が作った弁当を見せびらかしたい」

「ならば企画を出せ、専務様」

「専務が企画……。提案書でいいだろ。でなかったら個人的に、俺と一緒に弁当を食べたい社員十名募集とか、掲示板に載せる」

「それ、死人が出るからやめてくれ。まず俺の方で、他の秘書たちと相談して初回弁当メンバーを集める。話はそれからだ」

「歩武がいないと、俺はお飾り専務だな」

「何を言うか。うちの会社の役職に無能はいないんだぞ。社長がすぐに追い出すからな」

ニヤリと笑う観月に、晴真は「そうだった。取りあえず俺は無能ではない。そしてあのおっさんは恐ろしい」と返す。

「では会社に戻るぞ。外に車を停めてある」

「分かった」

晴真は観月にエスコートされながらランチ会場をあとにした。


静希は学校から渡されたお知らせペーパーを見て、一人ドキドキしていた。

初めての遠足。弁当を持って、バスで長距離移動だ。車に酔ったことはないのでバスは大丈夫だろうが、問題は弁当だ。

今日も「静希君のところは誰がお弁当を作るの？」と言われた。相手は仲良しグループじゃないので静希は何も言わなかったが、明らかに自分はバカにされている。

……でも、みんな知らないけど、うちには凄い秘密兵器がある。勇生は優しくて料理が上手くて、たまにお風呂で僕の体を洗ってくれる凄い人なんだ。

勇生が作った弁当を持っていったら、みんなはなんて言うだろう。楽しみで仕方がない。みんなを驚かせてやりたい。そして、少しぐらいならお裾分けしてもいい。勇生に凄いお弁当をお願いしよう。決めた！

静希は一緒に下校していた友人たちに「バイバイまた明日ね！」と手を振って、自分のマンションに戻った。

今日のおやつはなんだろう。

晴真や観月がいつも冷蔵庫に入れて置いてくれたケーキは美味しかったが、でも今は、勇生が作ってくれる手作りおやつが一番だ。

静希はエレベーターに乗って、ジャンプして最上階のカードキーを操作しながら期待に胸を膨らませた。


今日はちょっとした仕事が増えたが、充分すぎる給料をもらっているので問題ない。

晴真には弁当。静希には遠足弁当。

晴真の弁当は彩りと栄養を考えて、且《か》つ、がっつり食べられるように作った。

毎日作られた弁当は写真に収め、まとめて「アイランド」の島村に送った。これも、晴真特集に使えるだろうと思ってのことだ。

静希の遠足弁当に関しては、二人で「何を作ったら友だちに受けるか」「何が凄いと言われるか」「目立ちすぎて、逆に嫌われないようにするには」など作戦会議を何度も開き、ありがちなキャラ弁は却下された。遠足ということで定番の卵焼きとウインナーの他に、ちょっと豪華な唐揚げとポテトフライ。最後までおにぎりとサンドウィッチをどうするかで悩んだが、結局はおにぎりに落ち着いた。

「飲み物に指定は書いてなかったが、冷たい麦茶で大丈夫か？」

「うん。キンキンに冷やしてね。あと、デザートと、カップケーキなんかあると嬉しいな。みんなで分けて食べる」

「いつもの仲良しグループでか？　お前を入れて四人だっけ？」

「そうだよ。みんなに勇生のお菓子を食べてもらいたいんだ。凄く美味しいから！　ね！」

「だったら、後で連絡してアレルギーのことを聞いておかないとな」

「はい！　お願いします！」

行く前からこんなに興奮していては、当日になったら熱を出しそうで怖い。でも気持ちは分かる。

「そうか、分かった。まずは落ち着こうな？　遠足は週末だ。お菓子は五百円まで、お小遣いは千円までって書いてあるから、あとで晴真さんにもらいなさい」

「今もらう！　晴真！　遠足のお金ちょうだい！」

作戦会議を寂しそうに見ていた晴真は、ようやく自分が呼ばれたかと思ったら金のことだったので微妙な表情を浮かべる。

「お土産は別にいらないから、お前の思い出のために使いなさい」

晴真はそう言って、お小遣い千円とおやつ代五百円を静希の手に握らせた。

「うん。でも僕の家族は晴真と勇生だから、家族のお土産は買うんだ」

天使だ。美少年の天使がここにいる。

そして晴真も密かに感動しているようで、いつもより強く静希の頭を撫で回した。

一緒に暮らすようになって、静希がどんどん子供っぽくなっていくのを感じた。子供が子供っぽいのは当然なのだが、出会ったころの妙に大人の表情を窺うような態度がなりをひそめたのが凄く嬉しい。

子供は子供らしく、だよな。

勇生は、自分が育てたと言っても過言ではない甥っ子と姪っ子のことを思い出した。

静希は「お財布！」と声を出しながらリビングから自分の部屋に走り、廊下から「お休みなさい！」と大きな声を出した。

「ずいぶんと子供らしくなった」

この短い付き合いで、ソファでごろごろするのが晴真の癖だと知った。

彼はテレビのニュース番組を見ながら「勇生のお陰だ」と言う。なんとなーく、笑っているような表情が見えたので、勇生はよしとした。

毎日一緒に暮らしていれば、最初は分からなかった微妙な表情の違いも分かってくる。

「俺は仕事をしてるだけだ。でもそう言ってくれると嬉しいです。でもきっと、晴真さんの帰宅が早いのが嬉しいからだと思います」

「スケジュール管理は歩武の仕事だ。あいつが凄いから、俺はさっさと帰宅できる」

「でも観月さんが、カイドウグループのアパレル部門は、晴真さんが責任者になってから残業が大幅に削減されて成績も良くなったって。……本当に仕事ができる人だったんだな。たぶん仕事はできるだろうと思っていたけど、凄い」

素直な感想を漏らした途端、晴真が声を上げて笑った。

ずいぶん楽しそうな声で、笑うと表情が幼くなって可愛い。

「俺、あなたのその顔、好きだな。なんか、凄く可愛い」

成人した男性に可愛いは言いすぎかな？　でもほんと、そう思ったんだよ。

勇生は、晴真の顔をじっと見つめる。

「……そうか」

もっと笑顔を見ていたかったのに、晴真が真顔に戻ってソファから起き上がる。

そしてダイニングテーブルを片づけようとしていた勇生の腕を掴んで乱暴に抱き寄せた。

「え？　ちょっと！」

「俺の笑顔が、そんなによかったか？」

「だって、初めて見た。子供みたいな顔で笑って。ちょっとだけ静希に似てた」

「血が繋がっているからな」

「そ、そうだよな。……あの、風呂に入るから離してくれ」

「だったら俺も一緒に入る」

「だめ」

「なぜ？　俺のことをなんとも思っていないなら平気だと思うが」

あれ。ここで「お前は俺のパートナー」とかいう台詞が出てこない。それは嬉しいけど、うん、嬉しいはずなのに、なんかこう、イラッとする。いつもの、真顔で過激な口上がないと物足りない。

勇生は晴真に抱き締められたまま、眉間に皺を寄せる。

「一緒に入っても構わないな？」

「う………」

「それとも、俺を意識しているから、一緒には入らないと？」

「入ればいいんだろ！　入りますよ！」

つい、買ってはいけない売り言葉を買ってしまった。

頑張れ俺、何の覚悟もできないんだ！　ちょっと触られたくらいで、絶対に気持ち良くなるなよ？　風呂場は体を洗う場所で、それ以外の用途はないんだぞっ！

勇生は顔を赤くして宣言したが、晴真の低い笑い声に気づかなかった。

晴真は両手の拳を握り締め、喜びに体を震わせていた。

トシコさんの言うとおりだ。勇生が乗ってきた。

庭で説教をされて今後の対策を伝授されたときは、亀の甲より年の功と言ったら背中を叩かれたが、今、再びそれを使って賛美する。

『あの手のタイプは、グイグイ押しすぎてはだめ。そして、いつでも逃げていいんだよと逃げ道を見せてあげないと安心できないと思う。それでも成就しなかったら縁がなかったってことだと思うんだけど、でも、そうじゃない予感がする。いっそ、全部俺のせいにしていいと、優しく言ってあげるのも手よね。あと、性急すぎるとだめ。あんたは、仕事と違って恋愛の駆け引きがへたね～』

ありがとうトシコさん。余計なひと言はいらなかったけど、取りあえずありがとう。そして今まで「来る者拒まず去る者追わず」だった俺の脳内恋愛フォルダに新しいファイルが追加された。

ファイルの名前は「吉松勇生」。

これで頑張れる。

晴真は勇生の後ろ姿を見つめながら、心の中でトシコさんに合掌《がっしょう》した。

「そうだよ！　風呂に入るだけじゃないか！　意識する必要はない。よし！」

勇生はそんなことを言いながら、潔く部屋着を脱いで全裸になる。

「俺は勇生が好きだから、少しは意識してくれると嬉しいが……こればかりは仕方ない」

いやそれはちょっと……と、勇生はチラリと晴真を見た。

さっさとシャワーを浴びていると、時間差で晴真が入ってくる。

「静希がバスボムを使ったみたいで、何か湯船が凄いことになってる」

濡れ髪を右手でかき上げながら、浴槽を指さした。

「うちに、こんな凄い色のバスボムがあったか……？」

銀河色とでも言うのか。金や青や水色、銀色のマーブル模様の泡で覆われている。

勇生は置きっ放しになっていた包装紙を見つめ、「風呂から上がったらシャワーで洗い流してください、だと？」と唇を尖《とが》らせた。

「まあなんだ、人体に影響がないならいいじゃないか」

「風呂掃除が大変なんだがな」

「手伝う」

「いい。この家の家事は俺の領域だ。俺に任せてくれ」

腰に手を当てて偉そうに言っていたら、晴真の両手がこちらに向かって伸びてきた。

晴真が勇生を抱き締めようとしたが、何かを察した彼はさっさと湯船に入る。隙は見せられない。

湯船に浸《つ》かると銀河に浮かんでいるように見える。ちょっとファンタジー。晴真が「俺も入る」と言って入ってきた。

広い風呂だが、長身の男が向かい合って足を伸ばすには工夫がいる。

「もっとシャワーを浴びていれば良かったのに」

「一緒に風呂に入ってもいいじゃないか」

「ま、まあ別に……俺は平気だけど……。静希はもう寝たのかな」

本当は全然平気じゃないけど！　でも、ここで意識している素振りを見せたら、俺的にいろいろヤバイからな！

なのに晴真が嬉しそうに目を細めている。日向《ひなた》ぼっこしている猫みたいで可愛い。

「また、その顔。なんで今日に限って表情筋が仕事をするんだよ。いい顔で笑うな。照れる」

「素直な感想をありがとう」

そう言いながら、晴真が身を乗り出して勇生の肩を抱いて引き寄せた。

「うわっ」

おどろいているうちに、勇生は晴真の膝の上に乗ってしまう。

「この恰好ってヤバイ……」

しかも裸だろっ！　すでにいろんなところが接触してる！　ちょっと擦れただけで、その、気持ち良くなってきて……ほんと俺って、節操ない……っ。

顔が赤いのは湯船に浸かってることにしたい。勇生は泣きそうな顔で晴真を睨んだ。

「そうだな。挿入すれば対面座位という体位になるな。だが、その前に、俺は勇生にたくさん触れたい。俺がどれだけ愛しているか伝えたい」

「なっ、だめだって、おい、なんでこうなるんだよ。だめだって。なあ、そこ、やだ。触るなって、だめっ、そこだめ……」

泡の滑りがいい。

背中や脇腹を逆撫でされて体が震える。口だけは「だめ」を繰り返すが、晴真がくれる快楽を望んでいた。

「俺、あんたに凄い好かれてるの分かってるけど、まだ何もできない。時間が欲しいのに、なんで、そんな急がせるんだよ。怖いんだよ……っ」

「大丈夫だから、俺に任せておけ。ほら。ここを弄ってやると気持ちがいいだろう？」

「あっ、んんっ、乳首、だめっ、男なのに、ここで感じるなんて、俺は……っ」

向き合ってると、俺の感じてる顔を見られて恥ずかしい。だからって俯《うつむ》くと、今度は乳首を弄られてるのが見えて、バカみたいに興奮する。乳首弄られて興奮して、ちんこが痛いくらい勃《た》ってくる。

　脚はゆるゆると勝手に広がっていくし、キスが欲しくなって唇を開けて見せたり、勝手に晴真を煽《あお》っていく。

「俺はいろいろ初めてなんだから……だから、あんまり早く進まれると、どうしていいか分からない」

「そうだな。でも俺は、早く勇生のすべてが欲しい」

「分かるかよ……そんなの。あんたにされる恥ずかしいこと全部、俺にとって初めてで……体が勝手に反応して、そんで、興奮して、気持ち良くなって、頭がおかしくなる」

　晴真の指が硬く勃起した陰茎に絡みつき、ゆるゆると動き始めた。思わず腰を突き出して、小さな掠《かす》れ声で「あ、あ、」と声を上げてしまう。気持ちいい。

　尻は晴真の陰茎を押しつけられていた。熱くて硬くて、擦りつけられるだけで感じる。

「可愛い。俺に弄られたくてたまらないんだな」

「仕方ないだろっ、気持ちいいんだから。俺がこんなに快感に弱いって、晴真さんしか知らない。くっそ……っ、俺だって知りたくなかったのに、無理矢理知らされた。晴真さんのバカ」

「他人にバカと言われてこんなに嬉しいのは初めてだ」

「ふ、あっ、あ、あ、あっ、そこ、なんで、指っ、指入らないからっ、やっ」

後孔に指が触れる。

勇生は体を捩《よじ》って逃げようとするが、晴真に強引に押さえ込まれた。

夜景を楽しめるように出窓になっている場所に上半身を乗せられ、彼の前に尻を晒す。

「あっ、そんなとこ見るなって！　やだ……っ、あ、見んなってば……っ、や、ぁっ」

尻の割れ目を何度も指で辿られ、その下にある会陰や陰嚢を両手の指で押すように愛撫されると背筋に快感が走る。

「ひゃ、あっ！　あああっ、や、そこだめ、玉、揉まないで、よすぎて変になる」

「今は快感に流されていればいい。俺が勇生をそういう風にしたいんだから」

「そんなの、また、俺だけなんて……やだ……っ」

「可愛い勇生。ほら、俺のために淫乱な処女になって、可愛い声で啼《な》いてくれ」

つぷ、と、後孔に指を一本挿入された。「はぁ」と切ない声を上げたら、ものたりないと思われたのかすぐにもう一本加えられる。

二本の指がゆるゆると挿入を繰り返し、ある一点を押し上げると、勇生の尻が震えた。

「中が気持ちいい？」

晴真が優しい声で尋ねながら指の動きを激しくする。勇生は腰を高く突き出して「気持ちいいっ」と涙を流す。

勃起した陰茎には目もくれず、晴真はひたすら勇生の肉壁を刺激した。

「ひゃっ、あっ、あ、ああっ、も、そこっ、出ちゃう！　ちんこ触られてないのにっ、俺っ、尻の中を弄られて出ちゃうよっ」

こんなことまでっ、俺っ、晴真さんの指で気持ち良くなってる。体の中弄られてるのに、気持ち良くて、恥ずかしくて、でも、もっとしてほしい……っ！

快感に弱くても、淫乱でも、もうなんでもいいと思った。勇生の恥ずかしい声も仕草も、晴真しか知らないのだ。それでいい。

「勇生は恥ずかしいことが好きなんだから、中だけ弄られてイッてもいい」

「お、俺……っ、晴真さんの顔が見たい、こんな恰好やだ……っ」

「何をしたい？」

「俺のこと触って、気持ち良くないのか？　少しは楽しそうな顔をして俺を見ろよ」

「勇生……」

「俺のことを好きだって言うなら、もっとそれを実感させる顔をしろ。いつも、なんとなくしか分からないの、俺、いやなんだよ」

俺はあんたに何もかも見せてるんだから、あんたも俺に見せてくれよ。何もかも見せて。そしたらきっと……。

勇生は体を起こし、腰を捻《ひね》って晴真を見た。

「自分でも表情が出ない男だと思っていた。今まで俺の些細《ささい》な変化を指摘できる人間なんていなかった。両親も、亡くなった姉も、そこまでは無理だった。ずっと一緒に過ごしてきた歩武もだ。なのに、どうしてお前にそれが分かるんだよ」

「そんなこと言われても、毎日晴真さんのことを考えてメシ作ってるし。もちろん静希のことも考えてるけど。昼メシも作るようになったら、ますますあんたのこと考えるようになったし。……結局いつもあんたのことを考えてる」

「……俺のことが好きなんだな?」

「だから、今答えを出すのが怖い。俺は、何もかもがあんたが初めてで、未《いま》だに手探り状態なんだ」

「俺がどれだけ気持ち良くしてやっても、怖いのか?」

乱暴に指を引き抜かれたと思ったら、つぷんと勃起したままの乳首を指で摘《つ》まんで引っ張られ、恥ずかしい高い声が出た。

「気持ちいいけど、でも、頭の中がぐちゃぐちゃになって……っ」

そんな風に乳首を弄くられたら、俺、それだけで射精しそう。痛いのが気持ち良くてたまらないっ。

腰が勝手に揺れるのを止められない。

「ああ、分かった。急《せ》かさない。もう急かさない。時間をかけていいから。今は体だけ先に寄越せ。俺に触られるのが好きだろう?」

晴真の唇がちゅっと押しつけられる。

触れるだけのキスではなく、口を開けて舌を絡めた。口腔内を舌で乱暴に愛撫されて、勇生はくぐもった声で快感を伝える。

「はっ、んんっ、も、出したい……っ、一緒に、なあ、俺のちんこと晴真さんの……」

勇生は自分の陰茎を晴真の陰茎に擦りつけ、「もっと乱暴にしてくれ」とねだった。

「まったく、処女のくせに悪いことばかり覚えて」

あんたが俺のことを暴いたんだろ。暴いて、弄って、嬲《なぶ》って、恥ずかしくて気持ちのいいことをいっぱいした。だから、俺、こんなにいやらしいんだ……。あんたのせいだ。

勇生は腰を揺らして「全部あんたに習った」と低い声で喘《あえ》ぐ。

「俺のちんこ、弄って、なあ、玉とちんこ、一緒に弄られるの恥ずかしくて気持ちいい」

「ん。可愛い勇生が満足するまで、いくらでも可愛がってやる」

晴真に囁かれて耳朶を甘噛みされる。

それだけで勇生は、一度達した。


勇生は脱衣所で反省タイムに陥っていた。

勇生は、晴真の指で弄ばれるまま感じて、恥ずかしい言葉をいくつも口にし、脚を大きく広げて、彼に見られながら射精した。思い出すのも恥ずかしい恰好で、何度も射精した。

たしかに気持ち良かったさ。最高だった。背筋がゾクゾクして涙が出た。射精したのに快感が収まらなくて、晴真さんの指を尻に突っ込んだまま連続でイッた。「処女童貞」なのに、女みたいに何度もイかされて、獣みたいな声を上げた。ヤバかった。気持ち良すぎて、頭がおかしくなるかと思った。

「勇生、立てるか？」

全裸でも間抜けに見えずに恰好良いのは、元モデルだからか？　こんな状態でなかったら見惚れてたよ、俺は！　でも今はだめだ。俺の反省タイムだ。自分があそこまで淫乱だとは思わなかった。死ね俺。ほんと、何度反省したら気がすむんだ。なんて恥知らずなんだ俺の体は。

勇生は「しばらくここで休んでから、自分の部屋へ行く」と言った。

「だめだ。夏風邪をひく」

「だめだって。なあ、晴真さん。俺いま、賢者タイムなんて生やさしいもんじゃない。スーパードン引きタイムなんだ。しかも自分だけ気持ち良くなるし。あんた、イッてないだろ？」

「いや、俺も普通に射精したぞ？　勇生が気づかなかっただけで」

「あ…………そうなんだ。それはよかった。それだけは安心した。不公平はなかったんだな」

「ああ」

「だったら、俺をここに放っておいてくれ。明日はちゃんと起きて弁当を作る。朝飯も用意する。だからさ」

晴真の顔を見ていられない。自分がどういう状態になったかを思い出してしまう。

「分かった。明日の朝は、無理をしなくていい。おやすみ」

よしよしと頭を撫でられた。

それは嬉しかったが、でもあと三十分はドン引きタイムが続きそうだ。風邪を引いて彼らに感染《うつ》すことはできないので、床に転がったままどうにかパジャマを身に着ける。

「俺、あの人に触られると気持ちいい」

ぽつりと呟いた言葉は、じわりと心の中に浸みて広がっていく。

「そうだよ。なんで俺……」

初めてのキスが晴真だった。気持ち良くてとろけた。

初めて性器を触られた相手が晴真だった。ひたすら気持ち良かった。

晴真にされるすべてが優しくて気持ち良くて、頭の中が真っ白になるほど恥ずかしくて興奮した。どこまでも恥ずかしいことをしてほしいと思った。

ちなみに、自分の知っている別の人間を、晴真に当てはめて妄想してみた。

途中で脳が拒絶し、鳥肌が立った。

「ヤバ……。これ、マジでヤバい……。誰でもいいわけじゃないんだよ。そんなの分かってる。

あの人に触られて不快感がなかった時点で、俺は……」

性別ではなく相手を見て恋に落ち、愛になっていく。

そんな凄いことには踏み出せない。頼むから誰か背中を押してくれ。俺を落としてくれ。あと一歩だけ足りない。

鼻の奥がツンと痛くなって、涙が勝手に溢《あふ》れた。

好きだけど、好きと言ったら自分の世界が変わってしまう。それがとても怖い。

なのに。

今、勇生は晴真に触りたくてたまらなかった。


そして、よく晴れた土曜日の朝。

静希は千円のお小遣いと五百円分の菓子、そして勇生が作った最高の弁当を持って、遠足に向かった。

晴真が「学校まで付き添わなくていいのか？」と何度も聞いたが、彼は「ごふけいのそうげいはひつようありません」と言って、元気よく玄関から飛び出していった。

たしかに学校から渡されたプリントには「子供たちの自立心を養うため、ご父兄の送迎は固くお断りいたします」と書かれていたが、コッソリ付いていきたいのが親心。

「ちょっと早朝の散歩に行ってくる」と言って、晴真がランニングスタイルに着替えて静希の後を追いかける。

実に父親らしい行為で、勇生は玄関のドアを締めながら笑みを浮かべた。

「まあ、初めての遠足だもんな。心配するよな」

ダイニングテーブルの上を片づけ、作業台の上に散らばっていた卵焼きの切れ端や唐揚げの切れ端などを一つの皿に集めた。

朝食を食べたのは出かける静希だけで、会社が休みの晴真と、つねに自由に時間を使っている勇生はまだだ。おかずの切れ端はありがたく朝食に戴く。

大人の胃袋には少々足りないので、改めてウインナーと卵焼きを焼く。野菜は、レタスを千切りにしてフレンチドレッシングで食べよう。味噌汁はワカメと長ネギ。

晴真が戻って来たら、味噌汁を温め直せばいい。

しかし、あれから二日経っても、未だ向かい合うのが気恥ずかしかった。

「だめだな俺。どうしたらいいのかよく分からない」

玲音は「いつでも相談に乗りますよ」と言ってくれるし、観月も気にかけてくれている。けれど彼らは晴真側の人間であって、本当の意味で勇生の背を押す人間ではないのだ。

そんなことを考えているうちに晴真が戻って来る。

晴真曰《いわ》く「俺以外にもこっそり子供の後をつけてきた父兄が結構いた」とのこと。

静希は仲良しグループの友人たちと、笑顔でバスに乗り込んだようだ。

「あとは帰宅を待つだけか」

「そうだ。ところで俺は腹が減った……」

晴真はダイニングテーブルのいつもの席に腰を下ろし、朝食をおねだりする。

「はい、今できた。静希の弁当の残りと、卵焼きとウインナー。あとレタス」

「立派なご馳走だ」

熱々の味噌汁とほこほこのご飯を晴真の前に置く。

「いただきます」

晴真が食べ始めるのを見てから、勇生も箸を持った。この暮らしをするようになってからの癖のようなものだ。

「旨いな。今度俺の弁当にも唐揚げを入れてくれ」

唐揚げの切れ端を食べたあと、晴真がリクエストする。勇生は笑顔で「了解」と言った。

和《なご》やかな食事風景だが、勇生はさり気なく晴真と目を合わせない。

というか、恥ずかしくて合わせられない。

「あ、そうだ。実家に呼ばれているから、午後になったらちょっと行ってくる」

「おう。親孝行してらっしゃい」

「面倒臭い話ばかりだから、行くのを先延ばしにしてた。だがこれ以上は延ばせないから、片を付けてくる」

「片づける？」

「ああ」

晴真は小さく頷いて、それからため息をついた。

やけに大げさだが、大企業を束ねる実家ともなると、一筋縄ではいかないのか。

勇生は「気を付けて」としか言えないが、何も言わないよりはましだ。

すると晴真はじっと勇生を見つめる。

表情筋が少しは仕事をしているようで、珍しく不安が見え隠れしていた。

「大丈夫、だろ。俺が言っても根拠はないけど、捨てられた犬みたいな顔をするなよ。晴真さんはもっとシャッキっとしてろ」

「…………捨てられた犬」

「そういう顔してたってこと」

「そうか。俺の表情が分かるのか。嬉しいな」

あ。笑った。表情筋が最高にいい仕事をした。なんて綺麗な顔なんだ。くっそヤバい。

勇生はじっと見ていられずにそっぽを向いたが、晴真は笑顔のまま「照れるな」と言って、楽しそうに声を出して笑った。

またしても反則だ。笑い声だなんて。

とにかく今日は、雑用をこなしてしまおうと、消耗品のリストを作った。

晴真はもう実家に向かっている。実家に送られるお中元の山から使えそうなものを持ってくると言っていたから楽しみだ。

静希が帰ってくる前にスーパーに行って、それからドラッグストアに寄って……と、計画を立てていた勇生の携帯電話に、初めて聞く着信音が鳴り響いた。

あれこれ誰からの着信だっけと首を捻ったが、液晶画面を見て分かった。静希の学校からだ。

「はい、もしもし。海堂静希の世話をしています吉松です」

『いきなりのお電話で申し訳ございません。保護者の海堂さんに繋がらなかったもので、第二連絡先のこちらにかけさせていただきました。私は担任の原田《はらだ》と申します。実は静希君と同級生がトラブルを起こしてしまいまして、今から学校にくることは可能でしょうか？』

「はい。すぐに向かいます」

『よろしくお願い致します。では、保健室でお待ちしております』

担任はそう言って電話を切った。

携帯電話を持った手のひらがじわりと汗ばむ。

一体なんのトラブルだ。あんないい子がトラブルを起こすはずがない。とにかく、学校に行って話を聞かなければ。

勇生は深呼吸を何度かして、動揺する心を鎮める。まだ少し心臓はバクバク言っているが、気にしていたらいつまで経っても学校に行けない。

お坊っちゃん学校なので、私服で行くにしても気を遣う。カジュアルになりすぎないように、でもTシャツじゃなく襟付きのシャツで、パンツはコットンパンツ。靴下を穿いて靴は無地のスリッポンでいい。

そして、静希の担任が、さっき繋がらなかったという晴真の携帯電話に電話をかけた。

『はい晴真。どうした?』

コール三回で出た晴真の声の後ろから、観月の「もういいだろう。話は終わりだ」といううんざりした声と、玲音の「さて、帰りますか!」という陽気な声が聞こえてきた。

「繋がってよかった。静希が学校でトラブルに巻き込まれた。俺は今から迎えに行く。できるだけ早く晴真さんも来てくれ。頼む」

『分かった。学校で落ち合おう』

「おう」

晴真の声は静かで、感情が見えなかった。今はそれが嬉しい。動揺している自分の心にひたひたと安心感が浸みていく。

「よし、行くか……！」

一体何があったのか分からないが、あの賢い静希が自らトラブルを起こしたのだから、何か重大な理由があったに違いない。頭がちゃんと動くようになった。

勇生は、「怪我してませんように」と祈りながら、応急処置キッドの入ったトートバッグを肩にかけて、マンションを出た。

小学校までは大人の脚で歩いて十五分。

こんなことなら自転車を買えばよかった。そしたらもっと早く着いたのに！

まだまだ暑い日差しを浴び、額にジワリと汗を掻いて小学校に到着した。

しっかりと締められた校門には、「本日ご用の方は裏門へお回りください」と札がぶら下げてあった。

札に書かれていた簡単な地図を見て、勇生は再び歩き出す。

何分も歩かないところで、横道から突然晴真が出てきた。

「うわっ！　びっくりした！　早すぎ！　でも間に合ってよかった！」

「ああ、すまない。ここが抜け道なんだよ。車は歩武と玲音に任せて、俺は途中から歩いてきた。ここの周りは駐車場がないんだ。学校の駐車場は教員と業者優先だからすぐに埋まる。歩いてきて正解だな、勇生」

晴真はスーツ姿で「暑い」と言いながらハンカチで額を押さえる。

「早く行こう。静希が待ってる」

勇生は表情を引き締めて、晴真とともに学校の裏門に向かった。

事務員に案内されて保健室に入った晴真と勇生は、目を丸くした。

教師に怒鳴り続けている母親と、それを止めようとしている父親。そして、母親に縋って泣いている男子小学生。

「どういうことなんですか？　せっかく選んで入学させた学校なのに、どうしてうちの子が怪我をしなくちゃならないのですか？　理由をハッキリ言ってください！」

「待ってください。静希君が何も言わない以上、片方の言い分だけを聞くわけにはいかないのです」

「うちの子が嘘をついていると言うんですか？」

母親がヒートアップする。

静希はきゅっと唇を噛みしめて、少し離れた場所にあるパイプ椅子に座っていた。

ふわりと子供らしい頬のラインにはひっかき傷があり、血が出たのか絆創膏《ばんそうこう》が貼り付けてあった。腕や脚にも絆創膏がある。可愛いセーラーカラーの服は泥で汚れて見る影もない。

「静希……！」

勇生の声に静希はびくんと体を震わせたが、こちらの姿を確認すると大きな目から涙をボロボロ零しながら縋り付いてきた。

「よし、今まで一人で頑張ったな」

力強く抱き締めてやると、静希は「ひーん」と掠れた声で泣き出す。

「静希の叔父《おじ》の、海堂晴真と言います。一体何が起きたのか、お聞かせ願えますか？」

あくまで冷静な晴真の態度を見て、ヒステリックな暴言はないだろうと察し、みな口を開き始める。

子供同士のたわいのない喧嘩《けんか》だと思ったと、証言したのが副担任の女性教諭。

子供には時には喧嘩も必要だと冷静に見守っていたが、一向に事態が収拾しなかったので、慌てて二人の間に割って入ったと、そう言ったのが学年主任の男性教諭。

生徒たちは「宮内《みやうち》君が悪いんだ！」と言うだけで、理由までは知らないようだと、別のクラスの担任教諭。

そして静希の担任の女性教諭が「宮内君は、お弁当のことで喧嘩になったと、そう言っているんです」と、絶対にそれだけじゃないはずよと、顔に書いたまま言った。

「弁当が？　入れてはいけないものがありましたか？　私は、学校のプリントをチェックしてから弁当を作ったんですが」

静希を抱き締めたまま勇生がこのセリフを放ったため、関係者は「彼は海堂家のハウスキーパー」と思ったようだ。

「あなたがあのお弁当を作られたんですか？　とても素晴らしいものでした……という話は置いておいて！」

担任はこほんと咳を一つして、宮内少年の前にしゃがみ込んで視線を合わせた。

「みんな揃いましたよ、宮内君。どうして喧嘩になったのか、お話ししてください」

「だって！　俺にケーキくれなかったし！　海堂君は意地悪なんだ！　お菓子は五百円以上、持ってきちゃいけないんだぞ！」

あー……あれか。仲良しグループで食べるからと、俺が作ったカップケーキが発端か……？

勇生がしょっぱい表情を浮かべる前で、少年の母が勝ち誇った顔で「悪いのは海堂君なのね」と言った。

「あの……！　静希に、仲良しグループで食べるからケーキを作ってくれと言われたんです。もちろん、食後のデザートとして。私も、衛生面とアレルギーに気を遣って作りました。手作り物はそういう点を注意しないといけませんから」

静希をぎゅっと抱き締めたまま、勇生は「こっちは悪くない」と真っ向勝負の姿勢だ。

教師たちも静希の仲良しグループのメンバーを知っていて、ローテーションで各家庭で遊んでいることも把握していた。そしてそのグループに宮内少年は入っていないことも。

「では、宮内君は、ケーキをくれない静希が意地悪だと、暴力を振るったのですか？」

晴真の声に、宮内少年は「違うよ！　でも静希君は意地悪だから、俺が正義の味方になってやっつけようと思ったんだ！　だって、凄いお弁当持ってきて、それを見せびらかしながら食べてたんだ！　ズルイよ！」と叫ぶ。

「静希、どうして喧嘩になったのか話してくれるか？」

何も言わずに泣いている静希に、勇生が静かな声で話す。だが彼は首を左右に振るだけだ。

これでは真相は藪《やぶ》の中。

教師たちも、うすうす「トラブルは静希が引き起こしたのではない」と気づいていたが、何の証拠もないままなので発言できない。

そこに、保護者に連れられて数人の生徒が保健室に入ってきた。

勇生もよく知っている、静希の仲良しグループのメンバーが三人。

「静希君は悪くない！　だって、宮内君は酷いことを言ったんだ！」

「みんな聞いてるよ！　でも、宮内君に叩かれるのが怖いから言わないんだ！」

「僕も鉛筆を取られたことがある！　でも静希君はいつも立ち向かってた。恰好良かった！」

いつも守ってくれる静希のピンチに対し、幼い正義感が、今回の喧嘩を見逃せなかったのだろう。

保護者同士は「あらお久しぶり海堂さん」「ハウスキーパーさん、今度ケーキの作り方教えてね」と和気藹々《わきあいあい》としてしまったが、渦中のお子様たちは違った。

「静希君に、言わないでって言われたけど、黙ってちゃいけないと思った！」

「だって宮内君は、静希君に『おかあさんがいないのにこんな豪華なお弁当は作れない』って言ったんだ！　だから喧嘩になった」

「そういうことは言っちゃいけないんだよ！」

聞いた方も傷つく言葉だ。

証言してくれた小学生たちは、みな目に涙を浮かべて泣くのを堪えている。

教諭たちは衝撃に息を飲む。

これには宮内少年の両親も顔面蒼白《そうはく》になった。

特に母親は「そんなことを本当に言ったの？」と震える声で自分の息子に尋ねる。

「言ったけど、だってさ……」

少年はぐずりながらも肯定した。彼の母親は右手で顔を覆い「なんてこと……」と声を掠れさせる。

「申し訳ありません。躾が行き届きませんでした」

父親がその場にいる皆に頭を下げ、母親は静希の前にしゃがみ込んで、「謝っても許してもらえないかもしれないけれど、本当にごめんなさい」と謝罪する。

ようやく、言ってはいけないことを言ったのだと事態を察した宮内少年は、蚊の鳴くような小さな声で「ごめんなさい」と言った。

その声を聞いた静希は、「晴真ぁ」と泣きべそを掻きながら、今度は晴真の脚にしがみつく。

「よし。もう大丈夫だ。お前は俺の可愛い甥っ子であると同時に可愛い息子だ」

よっこらしょと、静希を抱き上げてあやす姿は、どこから見ても父親にしか見えない。

静希は晴真の首にしがみついて肩に顔を埋《うず》めた。

「どうか、この子をこれ以上傷つけないでください。私がそちらの息子さんに望むのはそれだけです。お願いします。もし再びこのようなことが起きたら、こちらも黙っていません」

静かな声だ。

だが、非情も含んでる。二度はないから本気で取り組めと。

晴真が本気で怒っているのが、勇生にはよく分かった。

「みんな、静希の友だちでいてくれてありがとう。これからもよろしく頼むね」

晴真にぺこりと頭を下げられた仲良しグループは、誇らしげに頬を染めて「静希君はずっと友だちだよ！」と胸を張った。

宮内少年と彼の両親は、何度も何度も静希たちに頭を下げてから保健室を後にする。

「もう、この子を連れて帰ってもいいですか？」

「はい。本当に申し訳ございませんでした」

担任教諭をはじめとするその場にいたすべての教諭が深々と頭を垂れた。


静希は自分を助けに来てくれた仲良しグループのメンバーに何度もありがとうと言って、勇生たちの車のところに戻って来た。

「まったく。うちがどれだけあの学校に寄付してるのか分かってるのかよという感じで、俺はかなり怒りました。まあ、寄付をしているとアピールするのは下品なので言いませんがね」

観月は眉間に皺が寄らないように、指で皺を伸ばす。

「静希に人望があって良かったよ。凄くカッコイイよね」

玲音は安堵の笑みを浮かべた。

「ごめんなさい！　僕ね、凄く悔しかった！　悔しくて悔しくて、だから理由を言いたくなかった！　僕には晴真と勇生と、歩武と、そんで今は玲音がいる！」

静希は大人たちを見上げて笑顔を見せる。

その大きな目にこんもりと涙が浮かび、ボロボロと落ちていくのに時間はかからなかった。

「僕にっ！　お母さんがいないからっ！　凄いお弁当もおやつも作れないって！　そう言われたんだっ！　僕には勇生がいるのに！　だから悔しくてっ！」

「分かってる」

晴真が静希の前に膝をついて、ぎゅっと抱き締めた。

「お前は勇敢だ。よく頑張った。大事な大事な俺の子だ。愛してるよ静希」

「うんっ」

「喧嘩が強いのはいいことだが、これからは手加減も覚えないと」

「うんっ」

よしよしと静希を抱き締めて愛情を伝えている晴真は恰好良い。

今まで勇生が見た中で、一番恰好良い晴真だった。

みなで車に乗って自宅マンションに戻る。

静希はすっかり元気になり、着替えのために自分の部屋に走った。

それを見送った晴真が、廊下の壁を拳で叩く。

「母親がいないから弁当が作れないなんて、よくもそんな酷いことが言えたな……」

学校で冷静でいた分、自分のテリトリーで素が出たようだ。

そんな彼を見て、観月が勇生に話しかけてくる。

「じゃあ俺たちはリビングで適当に寛《くつろ》いでいるから、吉松さん、あとは頼んだ」

「はい、観月さん」

勇生は観月に軽く頷いて見せ、こちらに背を向けたままの晴真の肩をそっと撫でる。

「最悪だ。心の傷になったらどうしたらいい？　あんな酷いことを言う子供がいる小学校は転校させた方がいいんだろうか。取りあえず理事会には報告させてもらう」

「それがいい。でも、静希はきっと大丈夫だから」

「くそ……っ、何不自由なく育ててきたつもりなのに、こんなところで」

晴真が右手で顔を押さえ、鼻を啜《すす》る。

勇生には顔を見せない。

「ああ、みっともないな俺は。勇生にも恥ずかしいところを見せた。申し訳ない」

「こういうときに気を遣わなくていい。あんたが泣いても、俺は傍にいてやるから安心しろ」

よしよしと肩を撫でながら言ってやった。

今はまだ誰も勇生の背を押す人はいないが、それでも、晴真を慰めたいと思った。

「勇生が可愛くて、余計泣けてきた」

晴真は涙目で振り返り、勇生をぎゅっと抱き締める。

「大きな子供だな、晴真さん」

「うるさい。俺は実家で打ちひしがれていたんだ。もっと優しくしろ」

「ご両親に怒られた？」

「いや、結婚しない理由を爺《じい》さんと両親に赤裸々《せきらら》に話してきた。もしかしたら俺は、明日にでも人事異動でアパレル部門から外されるかもしれない。それどころか退職させられるかも」

何でこの人、親にカミングアウトしちゃうの！　そして結婚しない理由は俺か！

「俺が無職になったら、静希は観月のところに一時預かってもらおうと思う。勇生はどうする？　貯金はあるからお前を雇うことはできるが、でも、無職になったら……」

晴真は自分で言った無職というセリフにショックを受けて、その場にしゃがみ込む。

「ほら、ほら立って！　そんなことで打ちひしがれるな。まだ若いんだから、いくらでも立ち直れる！　あんたは仕事ができる男だ！」

「でも、勇生がいない……」

「バカタレが！　もしものときは俺が養ってやるわ！　惚れた男の一人や二人、養っていけなくてどうする！」

「惚れた……？」

「あ……っ！」

何言ってんだ俺はっ！　そりゃ養ってやるけど！

勇生は両手で頭を抱え、その場に蹲《うずくま》る。

まさか、「無職」というワードが自分の背中を押してくれるとは思ってなかった。

どうせならもっとロマンティックに行きたかった。

しかし晴真はそれでよかったようで、嬉しさの余り両手で顔を覆ってその場に蹲った。

数十分後、二人の様子を見に来た玲音は、蹲っている二人の成人男性を発見し、首を傾げて「何やってるの？」と尋ねた。

「ちょっと言いすぎて……自分にショックを受けているところ」

勇生は魂が抜け出そうな長いため息をつく。

「俺は幸せすぎて今にも死にそう」

晴真は両手で顔を覆ったまま、結婚行進曲を口笛で吹いた。


観月と玲音は、意味深な笑みを浮かべて帰宅した。

静希は今日一日でいろいろありすぎたようで、夕飯の途中で居眠りを始めて、晴真がベッドまで連れて行った。

そして勇生はといえば、久し振りに実家の甥と電話をする。なんとなく家族の声を聞きたくなった。

電話に出たのは一番上の、高校二年生の甥っ子だ。

『いきなり電話がかかってきたから、ちょっと驚いた。でも嬉しいわ。勇生兄ちゃんが俺たちのこと忘れてなくてさー』

「誰が忘れるかよ。俺はお前らの育ての親だ」

『だよねー……。そういやこの間、勇生兄ちゃんの出したグルメ本を買ったわ！　相変わらずきっちり調べた記事だった。言葉選びが面白かった！　次の本も楽しみにしてる』

「そっか。ありがとう。頑張るよ」

『うん。あのさ、勇生兄ちゃんはさ、学校の友だちと遊べない状態で、俺たちの世話をしてくれただろ？　それこそ、学校帰りに食べ歩きどころか買い食いする暇もないくらいにさー』

「あー、そんなこともあったな。でも、楽しかったぞ」

『だからね、あのころの勇生兄ちゃんの年に近づいてきた俺たちは、最近思うわけ。ほんと、兄ちゃんには幸せになってほしいなあって。気兼ねなく好きなことをしてさ。だって俺ら、勇生兄ちゃんがいなかったら確実に不良だよ？　兄ちゃん、俺たちの育ての親どころか人生の恩人だよ。だから、絶対に幸せになってほしいんだよ。相手が誰とかじゃなくて、兄ちゃんが選んだ人は絶対にいい人だと思うから、その人と幸せになってほしいな……なーんてね』

そう言って笑う甥の後ろで、「私も勇生兄ちゃんと話したい！」「俺も！」と甥姪たちが騒いでいる。慕ってくれて嬉しい。

自分の「子育て」は間違っていなかった。甥と姪はまっすぐに育ってくれた。

そして、そっと背中を押してくれてありがとう。お前らの気持ちがじわじわと体に浸み渡っていく。

しばらくたわいのない話をして、最後に「姉さん達によろしく」と伝えて電話を切った。

今度の休みに、一度実家に帰ってみんなに会おうと思う。

「ずいぶん幸せそうな顔をしている」

テーブルに戻って来た晴真には、勇生の変化がつぶさに分かるようで、ちょっと悔しい。

「ん、まあ。なんというか、無職以外の言葉で背中を押されたし。自分でも言ったし」

「何を？」

「俺さ、晴真さん。年単位で家事の仕事を更新しようかと思うんだけど、どうかな？」

「え……？」

「必要ないって言うなら、残念だけど」

「俺は無職になるかもしれないのに？　俺に？　まさか永久就職的な、そんなハッピーサプライズ？」

「うん、そんな感じ？　俺、言ったよな？　何かあっても傍にいるって。だから、約束、しようかなと」

　恥ずかしいから言葉がどんどんふざけてくる。

　晴真の顔だってもう見られない。顔が熱い。きっと真っ赤だ。

「勇生」

「あんたは大丈夫だって。絶対に大丈夫」

だって俺が選んだ相手だし！　今は恥ずかしくて言えないけど、そのうちきっと言ってやるよ。何度だって、あんたが落ち込んでるときに言ってやる！

　勇生は笑顔で頷いた。

「愛してる」

「あ、ああうん。そうだな、そうなるよな？　えっと、たぶん俺も同じだと思う。実感が湧かないから軽いけど」

　手先を動かしていなければいたたまれなくて、取りあえず客人たちの皿を片づけ始める。

「勇生、片づけは明日でいい」

「いやダメだって」

「俺がいいと言っている。今すぐ俺の部屋に行くぞ」

「は？」

「静希はもう寝ている。今から大人の時間だ。来い」

テーブルの上の皿は置きっ放し。電気も付けっぱなしで、勇生は晴真に引き摺《ず》られるようにして彼の寝室に入った。

掃除でしか入ったことのない部屋の中。

ベッドの上に放り投げられてバウンドする。

「今夜こそ、正真正銘のパートナーになる」

「いきなりかよ！」

「嫌か？」

「い、嫌じゃ……ないから困ってんだろバカ！」

綿パンに触れる晴真の指がくすぐったい。

気がつくとシャツのボタンは全部外されて、パンツも脱がされた。

「せめてシャワー浴びたい」

「勇生の匂いが消えるからダメだ」

何言ってんだよ恥ずかしい。俺の匂いなんか嗅いでどうするんだよ。

そう思っている間に、晴真がシャツを脱いでのしかかってきた。彼は勇生の股間を大きく広げると、下着越しにそこへ顔を押しつける。

「ひゃっ、あぁっ！　もうっ！　なんだよいきなり変態かよ！　そ、そんなところっ、ぐりぐりされたらっ、あ、は、やだあ……っ、擦るなってば……っ」

もっ、勃ってるって。ばか。こんな恰好させんな……っ。

すぐに反応してしまうのは童貞だからではなく、晴真の愛撫のたまものだ。

グレーの下着がこんもりとテントを張り、鈴口の辺りに浸みが広がっていく。

「可愛い。俺のだ。もうすべて俺の物だ」

「そうだよっ。だから、ほんと、優しくしろよ？　なあ、優しくしてくれよ？　突っ込まれるの初めてなんだから、責任も取って。そんで気持ち良くして。恥ずかしいこと、いっぱいしていいから……」

そう言うと、晴真は目尻に皺を寄せて嬉しそうに微笑んだ。

最高に綺麗な笑顔。大好きだ、その顔。


挿入行為の前までは何度もやった。

だからといってセックスに慣れるわけではなく、度が過ぎる快感には啼くしかないし、恥ずかしいことは何回やっても恥ずかしい。特に、自分で膝を抱えて開脚するのは、目を閉じなければできない。なのに晴真はそれが好きで、何度もさせられた。

「可愛い勇生。ほら、言ってごらん。そしたら、すぐにイかせてやる」

「はっ、ぁ、ああっ、んっ、もっとっ、晴真さんの指で、俺の、ここっ、いっぱい、苛めてっ、頼むから」

仰向けに寝転んだまま腰を掬《すく》い上げられて、敏感な性器を悪戯され続けている。

気持ち良すぎて啜り泣いても、最後の刺激は与えてもらえない。

「晴真さん、もっ、俺、頭がおかしくなる……っ」

陰茎への刺激はもらえなかったが、後孔に指を入れられて腰が揺れた。

「ここに、俺のペニスが入る」

「んっ。入れて。もっと気持ち良くなりたいっ、晴真さんに何度もイかせてもらいたいっ」

「なんでそう、可愛いことしか言わないんだ」

とろとろとローションを垂らされ、後孔に指が入っていく。二本までは堪えられるが、三本目は下腹の圧迫感に低く呻いた。

「痛いか？」

「違う。なんか、内臓を押し上げられている感じが……苦しい」

「すぐに気持ち良くしてやるからな」

すぐに、の意味が分かった。前立腺だ。

案の定勇生は、後孔がすっかり柔らかくなるまで何度も強制的にイかされた。

息をするのも辛いのに、晴真の陰茎が入ってきたときに軽くイッてしまった。気持ち良くて頭の中が真っ白になる。

「やばい、晴真さんのちんこ、俺の中にいる。やばい、もうだめ」

晴真に散々「処女」と言われた場所は、彼の立派な陰茎を時間をかけて飲み込んだ。

「や、ぁあ、まだ、動かないで」

初めてなんだから、なあ、意地悪しないでくれよ。

「だめ。動くぞ」

「あっ、あ、んんっ、そこっ、突かれたらっ、もっ、またすぐ出ちゃう！　奥だめっ！　きもちいいっ、俺、はじめてなのに、こんなに感じてるっ」

晴真の激しい動きに合わせて、腰が勝手に揺れる。

中のいい場所を突き上げられて頭の芯が真っ白になる。

「やっ、も、晴真、晴真さんっ、ぎゅって、俺のこと、ぎゅって！」

勇生は両手を伸ばして、晴真の背に爪を立てた。晴真も勇生の首筋に噛みつく。

「ひゃっ！　ああぁっ！」

「勇生、勇生……っ」

晴真がひときわ大きく腰を動かした次の瞬間、勇生の下腹の中が熱を帯びたように熱くなった。どくどくと精液が注ぎ込まれた。

「こんないっぱい出されたら、子供ができるかも……」

そんなの有り得ないが、自分で言っておきながら「子供ができる」という言葉に興奮してしまう。

晴真も同じだったようだ。

二人は興奮して乾いた唇を舐め合って潤し、再び激しく腰を使い出した。


シャワーを浴びても精液臭い気がするのは仕方がない。

静希がぐっすり寝ているのをいいことに、一晩中セックスをしていたのだ。脚が閉じられない上に、歩き方まで生まれたての子鹿のようになってしまった。

「俺が責任を取る」と言った晴真に抱きかかえられて浴室に入ったまではよかったが、そこでまた盛《さか》ってしまった。

だってあのシャワーがいけない。

水圧を調整出来るシャワーは、ある意味バイブよりも凄い大人のオモチャに変化する。そして勇生は恥ずかしいことをされるのが大好きで、しかも快感に弱すぎる。

結局、勇生はベッドから起き上がれずに、晴真がすべての片づけを終えた。

ようやく静希が「お腹空いた」と起きてリビングに現れたころには午後二時になっていた。

「なあ静希。俺が無職になったらどうする？」

静希のために、勇生が冷凍保存していたマフィンを電子レンジに入れながら晴真が言った。

「ん？　勇生もいるなら、別にいいよ。どうやって暮らすか考えよう」

「このマンションからも出て行くことになる」

「そしたら、勇生のアパートに住もう。僕、川の字で寝るのに憧れてます」

どこまで行っても前向きな静希に、晴真は真顔で頷く。

これなら、俺たちはどこに行ってもやっていけると確信した。

そんな彼の携帯電話に、剣呑《けんのん》な着信音が鳴り響いた。カリスマ悪役の有名すぎるテーマ曲だ。

「来たか、死刑宣告」

晴真は意を決して電話を受けた。

そして。


ぐっすり眠っていた勇生の上に何か重い物がのしかかった。それと小さな何か。

「ん？　何……？」

「勇生！　俺たちの仲が認められた！　無職を神回避！　うちの爺さんと両親は意外にも寛大

だった！　よくよく聞いたら、親戚で同性愛の駆け落ちとか、結構あったらしい」

まだ半分しか目覚めていないが、きっといい話なのだろう。

勇生は「うんうん」と頷いて、晴真の体を抱き締める。

「寝よう。俺はまだ眠い……」

「そうだな。ぐっすり寝よう」

「あー……僕はちょっと、庭で遊んでこようかな？　ね？」

静希が大人びた微笑を浮かべる。

もしかしたら子供に気遣われた。

勇生の耳が勝手に赤くなっていく。

「まあ、俺の甥だし、賢いぞ。だが、あの気遣い方はまだ修行が足りない」

「子供相手に何を言ってんだよ」

ぎゅっと抱き締めると、抱き締め返してくれる。

こんな心地いい腕を、どうして自分は拒んでいたのか分からない。とにかくもう、離さない。

「勇生」

「うん」

「今度指輪を買わないと」

晴真の指が、勇生の左手の甲をなぞって行く。

愛情の籠もった優しい動きに、勇生は小さく笑った。

なんなんだよこれ。俺今、すごい幸せなんじゃないか？

「普段付けられないときは、ペンダントのようにして……」

今度は顎《あご》から首筋を撫でられる。優しい指の動きに、愛されてる実感が湧く。

「何があっても、外さなければいいんだよな？　大丈夫だから」

「勇生が優しくて可愛くて、俺が泣きそうだ。起きたら指輪を買いに行こう」

「うん。お揃いなのがいい。嬉しい。晴真さんは俺のものだ」

勇生はゆっくりと体を起こし、晴真の頬を両手で包む。今度は自分から触った。

「……いきなりベタベタで、俺の心臓が保たない」

「保たせろよ。今、寝起きだから。こういうときは、人間素直になる」

そうとも。俺は今、とっても素直だ。だから何でも言える。

勇生は晴真に甘えながら「愛してる」と言った。言ってやった。バーカ。大好き！

「くっそ！　この状態でそれを言うか！　……俺は実は、勇生を抱き足りないんだが」

「俺はもう、今日は無理。素直な感想。でも、次に起きたら、後ろから犯して。縛ってもいい。恥ずかしいこと、いっぱいして。いっぱい苛めてくれ」

ちゅっちゅっと、優しいキスが降ってくる。

「ある意味、目覚めたな。俺はとても嬉しい。可愛いドＭ」

バカ違う。

俺がそんな風にセックスバカになるのは、相手が晴真さんだから。

でもそれを言うのは、目が覚めてからだ。

勇生は晴真の胸に顔を押しつけたまま、寝息を立て始めた。


さて。

スーツを着た晴真と玲音の大判ポスターが堂々と飾られているエントランスを抜けた五階にルル・マリアとソロモンオムの会議室がある。

ステレオタイプの堅苦しい会議室とは違い、大変お洒落なブランドの流線型のテーブルと椅子が並べられ、計算された採光と目に優しい観葉植物が置かれた、リラクゼーション施設のように見える。

そこに、両ブランドのデザイナーやパタンナー、企画に広報、営業、そしてなぜか、グループ会長と社長までも揃っていた。役員以外の参加者は公正なるくじ引きで決定した。

総勢二十四名。

時間は昼時。

そして、お洒落なテーブルの上に置かれた大きな三段重が五つ。それとは別に、大きなプラスチック容器が五つ。部屋の隅には大きな寸胴鍋《ずんどうなべ》があり、携帯コンロで温められている。

「何が起きた……」

眉間に皺を寄せて低く呻く晴真に、隣にいた観月が笑顔で「お前の企画が通っただけだ」と言った。

「いや。いやいや、俺の出した企画は、みんなで弁当を持ち寄ってのランチ会議だ。みんなで行楽弁当を食べる会じゃない。第一、なぜ勇生の手作り料理をみんなに食べさせなくちゃならないんだ？　なぜだ？　こんな悲劇はないぞ？」

「うるさい、晴真さん」

役者顔負けの表情で訴える晴真の頭を、勇生が勢いよく叩いた。

すでに三角巾とエプロンという「戦闘服」だ。

涙目の晴真を放っておいて、「ランチ会」は観月によって進行される。

「はいでは、各部署の精鋭、および勝手にやってきた会社役員の方々、第一回『最高かよランチ会』を開催致します。意見交換をし、アイデアを出し合い、そして、最高に旨い弁当を食べてください。出来たての味噌汁付きです。そしてこちらが、弁当を作ったくれた吉松勇生さんです」

観月に紹介された途端、拍手の合間に「本を持ってます！」「ＳＮＳのフォロワーです」など声がかかった。

「お招きいただきありがとうございます。吉松勇生です。普通の弁当なんですけど……よかったら食べてください。あと、味噌汁はワカメと豆腐です」

勇生の挨拶が終わったのを合図に、「ランチ会」という名の「美味しいご飯争奪戦」が始まった。

広げられた重箱の中には、卵焼きに唐揚げ、うずらの卵のフライに海老フライ、ポテトサラダとマカロニサラダ、ミートボール、もちろん、お弁当の定番であるウインナー炒めもしっかり入っている。

肉じゃがだけの重箱があると思えば、魚の西京焼きやほうれん草の胡麻和《ごまあ》え、きんぴらゴボウなどの和物もある。箸休めは瓜《うり》の浅漬けだ。

プラスチック容器の中には俵型のおにぎりが詰められている。ちゃんと鮭、うめ、タラコなどほぐした具が入っていて、かじりついた者が「おお！」と嬉しそうな声を上げている。

「定番のおかずばっかりだけど、みんな喜んでくれててよかった」

勇生は、着実になくなっていくおかずや味噌汁を見つめながら、満足そうに頷く。

みな「旨い」「おいしーい！」「定番最高」と言いながら、仕事の話に花を咲かせていた。

「……これを知らなかったのは俺だけなのか？　発案者は俺なのに」

「すまんな晴真。歩武から話を聞いてな？　俺が強引に、みんなで吉松君の料理を食べようと、いろいろ文章を付け加えた」

海堂グループ社長で晴真の父は、無邪気な笑顔を浮かべ、自分の皿に唐揚げや海老フライ、ポテトサラダを山盛りにしている。

「吉松君との仲を認めてあげたのだから、お前たちには二人揃って親孝行してもらわねば。ねえ？　吉松君？　今度実家に来なさい。みんな君に会いたがっているんだ」

にっこりと微笑む社長に、勇生は「ありがとうございます」と笑顔で返す。

「それと歩武もだ。玲音を連れて遊びにおいで。兄さんを説得するのは大変だったんだから。ほんと、次回の玲音主演のアクション映画のオファー受けてもらうよ？」

観月は頬を引きつらせて黙ったが、今まで笑顔で接客をしていた玲音がさり気なく近づいてきた。

「はい、了解です。来年から一年間のアメリカ海外ロケですよね。喜んで」

「トシコさんがいるから安心してるけど、間違っても浮気はしないように。そんなことをしたら社会的に抹殺するからね？」

「俺が愛してるのは観月さんただ一人なので、それは地球が爆発してもありません」

玲音は社長を冷静に見つめて言い切った。

「そうか。よかったな？　歩武。さて私はきんぴらゴボウを食べてこよう」

観月は、ニヤニヤしながら去って行く社長の背中にため息をつく。

「すまない。俺の父親が本当にすまない」

晴真がしょっぱい表情を浮かべるが、観月は「まあ、ああいう人だから」で済ませた。

「俺はちょっとびびった。まあ仕方ないですけどね。でも、このメンツに吉松さんが知られたのは面倒ですね。男も女もオッケーな奴が意外と多い」

玲音の言葉に、晴真の眉が片方、ピクリと動いた。

視線で勇生を探すと、たしかに彼は男性社員に囲まれて、何やら照れくさそうに笑っている。

「……あの顔は、俺の前でだけしていればいいのに」

「騒ぎは起こすなよ？　いいな？　晴真」

観月はそう釘《くぎ》を刺し、玲音とともに重箱のおかずを皿に載せた。二人とも今は会話を楽しむより、勇生が作った料理を一つでも多く食べたいのだ。

「勇生、ちょっといいか？」

三角巾頭で「ありがとうございます」と礼を言っていた勇生は、晴真に呼ばれて微妙な表情を浮かべた。他の人間には「いつものクールビューティー」に見えるだろうが、勇生には彼が明らかに怒っているのが分かる。

「はい、専務」

笑顔でその場を離れて晴真の元に向かった。

見ると彼の皿はまだ空っぽで、勇生が作った料理が何一つ載っていない。

「晴真さんが食べたいって言ったものを作ったのに……」

「あ、いや」

「誰にでも料理を作る俺は、もう嫌いなのか。そうか……」

「違います。嫌いどころか好きです。毎日セックスしたいくらい好きです」

さすがに、会社で大声は出せなかったが、それでも晴真は小声でハッキリと伝えた。

「毎日は俺が死ぬからだめだ」

「分かってる」

「俺が家で作る料理は、晴真さんと静希のことを思いながら作ってる特別なものだから。ちゃんと覚えていてくれ」

スーツ着たまま拗ねるなよ、可愛いなあ。すげえドキドキする。普段と違うからなあ。

勇生はそんなことを思いながら、晴真が頷くのを見た。

「けど、今日の料理も最高に旨いぞ」

「それは分かる。でも、ちょっと思った。俺の愛してる男の手料理を、俺の部下たちが旨そうに食べている姿を見るのもいいものだな。ちょっと幸福な気分」

目を細めてランチ風景を見つめる晴真の横顔はとても綺麗で、勇生は思わず顔に熱が籠もった。きっと顔は赤い。

「俺は、その、えっと……そんな晴真さんの隣にいられて幸せだと思う。だから、その、今夜は……思う存分幸せを実感したいなと」

まさか真っ昼間の会社で、こんなおねだりをするとは思わなかった。自分もつくづく大胆になったものだと、勇生は赤い顔のまま笑みを浮かべる。

「専務室に行こう、専務室。でなければ、書類倉庫かパッケージ倉庫。事務用品の在庫を保管してる部屋もいくつかある。二人きりになれる場所は山ほどある。そして俺は、すぐにでも勇生を抱きたい。抱いて、自分の幸せを実感したい」

「専務なんだから仕事しろよ。俺は夜って言った」

気持ちは嬉しいけど、それはちょっと無理だ。

「ならば速攻で帰る。早退する」

「定時で帰ってこい。そしたら、玄関まで出迎えて『お帰り』って言ってやる」

一日中愛してるけど、仕事をおろそかにはさせないからな。その代わり、プライベートは思いきり愛し合おう。あんたのしたいこと、何でもして。

勇生は晴真を見上げると、晴真はため息をついて「帰宅までお預けか。楽しみが少し延びるが、それもまた楽しいと思えるようになった」と言った。

初めて会ったときは、強引で横暴で自分のことしか考えない「美形のイノシシ」みたいな男だったのに。

人は変わるものだなあと思いつつ、きっと自分も変わったのだと、勇生はそう思った。

幸せすぎて毎日が楽しい。
だからきっと、今夜も、静希が眠った後に激しく愛を語ろう。

あとがき

はじめまして&こんにちは。高月まつりです。

自分で書いていて、何気に飯テロ小説になってしまった気がします。

とにかく、その時自分が食べたかった食べものをいっぱい出しました。最近はベーグルとかシンプルなカップケーキが自分の中で流行りで、そのうち何かの話に出てくるかもしれません。


攻めの晴真は真顔でアホを言いまくる、残念美形です。

彼は最初、なかなか上手く動いてくれないキャラで、晴真がメインで出るシーンは最初は時間がかかりました。でも、受けの勇生とのやりとりを書いていくうちに、だんだんキャラが見えてきて、「ああ、はいはい。分かってきた!」って感じで書けたキャラです。

彼の呪いは解けませんが、勇生がいるからこのさきずっと大丈夫。

おちびの静希は、将来有望な攻めキャラになっていくと思います。きっと素晴らしい受けちゃんを連れてきてくれるんだろうな。……なんて思いながら書いてました。

そして、受けの吉松勇生君。

はい、いつもの私が好んで書く受けです。今回も楽しかったです。

キャンプに連れて行って、ダッチオーブンで料理を作ってほしいです。お弁当も作ってほしいです。彼が作ったお弁当は普通のお弁当でも凄く美味しそう。

あとは……一緒に食べ歩きがしたいです。

穴場のお店で食べまくりたい……と、ここまで食い気ばかりですが、勇生は晴真の世話をしつつ、ラブラブしつつ、毎日幸せに暮らしてくれるに違いありません。

脇キャラにも、「高月さんこういうキャラ好きだよねー」というキャラを並べました。そして突っ込みました。

はい、こういうキャラたち大好きです！


イラストを描いてくださった明神翼先生、いつもいつも本当にありがとうございます！

勇生が可愛いったら可愛いったら（そして可愛いおでこ！）。静希も可愛いったら……！

キャラを見せてもらって、ずっとニヤニヤしておりました。

晴真も、あんなカッコイイ外見では電波だと分からないと言うか、本当に残念だというか、勿体ないことになってました（笑）。

本当にありがとうございました。

担当さんにもいっぱいお世話になりました。本当にありがとうございました！

美味しいご飯を食べるには体調管理も完璧をモットーに、これからも美味しいものを食べながら、大好きな萌えを発表していきたいと思います。

最後まで読んでくださってありがとうございました。

次回作でまたお会いできれば幸いです。

こんにちは。明神 翼です☆
「ヒミツは子供が寝たあとで♥」
とっても楽しくモエながら
イラストを描かせていただきました♥
ラッキースケベとラブハプニング…
めっちゃウケました✿(笑)
高月先生、キュンと萌えと
笑いをどうもありがとう
ございましたー!!
みょうじんつばさ☆

ダリア文庫

＊大好評発売中＊

初出一覧

ヒミツは子供が寝たあとで♥…………………… 書き下ろし
あとがき…………………………………………… 書き下ろし

ダリア文庫をお買い上げいただきましてありがとうございます。
この本を読んでのご意見・ご感想・ファンレターをお待ちしております。

〒170-0013 東京都豊島区東池袋3-22-17 東池袋セントラルプレイス5F
(株)フロンティアワークス ダリア編集部
感想係、または「髙月まつり先生」「明神 翼先生」係

この本のアンケートはコチラ!
http://www.fwinc.jp/daria/enq/
※アクセスの際にはパケット通信料が発生致します。

ヒミツは子供が寝たあとで♥

2017年 9月20日 第一刷発行

著者
髙月まつり

発行者
辻 政英
発行所
株式会社フロンティアワークス
〒170-0013 東京都豊島区東池袋3-22-17
東池袋セントラルプレイス5F
営業 TEL 03-5957-1030
編集 TEL 03-5957-1044
http://www.fwinc.jp/daria/
印刷所
中央精版印刷株式会社